講談社文庫

オメガ

警察庁諜報課

濱 嘉之

JN286588

講談社

オメガ　警察庁諜報課／目次

警察庁の階級と職名

階　級	職　名
階級なし	警察庁長官
警視監	警察庁次長、官房長、局長、審議官
警視長	課長、各局企画課長
警視正	理事官
警視	課長補佐

警視庁の階級と職名

階　級	内部ランク	職　名
警視総監		警視総監
警視監		副総監、本部部長
警視長		参事官
警視正		本部課長、署長
警視	所属長級	本部課長、署長、本部理事官
	管理官級	副署長、本部管理官、署課長
警部	管理職	署課長
	一般	本部係長、署課長代理
警部補	５級職	本部主任、署上席係長
	４級職	本部主任、署係長
巡査部長		署主任
巡査長※		
巡査		

※巡査長は警察法に定められた正式な階級ではなく、職歴６年以上で勤務成績が優良なもの、または巡査部長試験に合格したが定員オーバーにより昇格できない場合に充てられる。

◉主要登場人物

榊　冴子…………警察庁長官官房課報課　捜査官
土田正隆…………警察庁長官官房課報課　捜査官
岡林　剛…………警察庁長官官房課報課　捜査官
時任祐作…………警察庁長官官房課報課　技官

杉山龍博…………警察庁長官官房課報課　課報官
押小路尚昌………警察庁長官官房課報課　課長
篠宮………………警察庁長官官房課報課　主幹

片岡健史…………警察庁長官
根本克彦…………警察庁警備局長
高橋　潔…………警察庁刑事局長

森田………………警視庁公安部長
夏木………………警視庁公安部公安総務課長
黒谷………………警視庁公安部特殊犯罪対策室長

王燕梅……………遼寧省丹東市役所　秘書官
孔小麗……………グンピン国際ホテル　オーナー

オメガ　警察庁諜報課

プロローグ

〝東洋の貴婦人〟の愛称にふさわしく、ザ・ペニンシュラ香港《ホンコン》のロビーラウンジはこの日も優雅な空気に包まれていた。ネオクラシック様式の歴史ある空間に生演奏のバイオリンの音色が響く。八メートルはあろうかという高い天井には精緻《せいち》な装飾が施され、重厚な雰囲気を作り出していた。外の気温は三十度を超えていたが、開け放たれた窓から入る風が室内の緑を涼しげに揺らしている。

アフタヌーン・ティータイムのラウンジでは、紅茶を楽しむ上品な銀髪のカップルの隣で、サーモンピンクのネクタイを締めたビジネスマンが書類に目を通している。東洋人のグループはラフな恰好で談笑しながら、地図を広げ旅行計画でも練っているようだ。

一番奥の席には、半袖ニットに鮮やかなエルメスのスカーフを巻き、大きめのサングラスをかけた女がいた。長い髪の先を風になびかせながら、斜め前に座った、光沢のある黒いスーツを着込んだ男と顔を寄せ合って話し込んでいる。

女はこのあたりの金融トレーダーが持ち歩くような、革製のアタッシュケースを隣の椅子に置くと、テーブルにノートパソコンを広げた。細身の長身で、その横顔はサングラスをかけていても分かる美貌の持ち主だ。足を組みかえるたびに、男はタイトスカートからのぞく太ももを盗み見た。女がその視線を気にする様子はまったくない。

二人はしばらくパソコンの画面を指差しながら小声で話していたが、おもむろに男がスーツのポケットから小さな円筒形の薬瓶を出した。

「君はこっちの方はやらないのか？」

広東語《カントン》訛《なま》りの強い英語でそう聞くと、男は薬瓶を揺らした。

「商品に手をだすような真似はしないわ」

女は肩をすくめた。

「ほう。それなら純度はどうやって確かめるんだ」

「そんなのは機械を使えば簡単なこと。薬の成分まで瞬時に分かるわ」

サングラスの奥で賢そうな瞳が笑った。

「その機械とやらはどこの製品かな？」

「信頼できる精密機器といえばメイド・イン・ジャパンに決まっているじゃない」

「ふん……そんな機械まで売っているのか」

男は物欲しそうな顔をして尋ねた。

「こんな機械で商売ができるわけないでしょう？　作らせたのよ。その道のプロにね」

そういうと女はハンドバッグの中から化粧ポーチを取り出し、その中からコンパクトのような四角いシルバーのケースを手にした。

「携帯用のコスメキットみたいで可愛いでしょう」

女はまるで化粧直しを始めるかのように、顔の前でケースを開いた。

そこには小さな乳鉢のような形状の皿と、シルバーの混ぜ棒や数種の液体が入ったプラスチック容器が並んでいた。

女は男から薬瓶を受け取り、微量の粉末を乳鉢状の皿に入れた。そこへ数滴の液体を落とし、かき混ぜてから蓋《ふた》を閉じた。

「ワン・ツー・スリー……いい？」

女は眉を上げた。まもなくケースの蓋に装着された液晶画面に波形のグラフが現れ、さまざまな成分の数値が表示された。

「すごい。極めて純度の高いフェニルメチルアミノプロパンだわ」

「極めて……とは」

男は鋭い視線を女に向けた。

「純度は九九・九八パーセント。香港でこんなに高水準のブツはみたことがない」

「これがどこで精製されたものかも分かるかな」

男は試すように言った。女がタッチパネルを操作すると、液晶画面は美しい形をした結晶を映し出した。

「フェニルメチルアミノプロパンの結晶の形から判断すると、北朝鮮製だと考えていいわね。でも、これは再結晶化されている。このブツを出荷した精製工場は北朝鮮以外のどこかにあるようだわ」

「機械も優秀だが、お嬢さんの知識も半端ではないね」

男は上機嫌の様子である。

「ところで価格はいかほど？」

「キロ当たり百万米ドルだ」

九千万円を越える金額であるが、女は澄まして答えた。

「相場からすると高くはないわね。一回でどのくらい出せるのかしら」

「最初は十キロからだな。支払いと捌《さば》き方に問題がなければ、その後の取り引き量が変わってくる」

「オーケー。取りあえず十、お願い。キャッシュで用意するわ。受け取りについては、私から連絡するから」

「お互いプロだ、実入りのいい商売をしようじゃないか。それにあんたは実にいい女ときている、特別にサービスもするよ。ビジネス以外でも仲良くしたいな」男は女の膝を丸くなでながら言った。「もう少し今日のデートを楽しもう。改めてアフタヌーンセットを注文しようか」

――ここはお茶は美味しいけど、軽食類はいまひとつなのよ。スイーツもあまり感心しない。香港でアフタヌーン・ティーを楽しむなら、リッツ・カールトン百二階のラウンジなんだけどね。あそこのスモークサーモンのリエットがのったサンドイッチは絶品……。

女はウェイターが銀のナイフとフォークを手早く並べていくのを目の端でとらえ

ながら、男に微笑《ほほえ》んでみせた。

商談を終えると女はロビーラウンジからテラスを通り外へ出た。そこでいったんタクシーを待つふりをしながら、中国の公安関係者に自分が行動確認されていないかどうか入念にチェックした。

公安は麻薬の取締りに熱心だ。逮捕者からのリベートが期待できるからである。もし逮捕者が公安に裏金を支払えなければ、即死刑が求刑されるだろう。そして臓器売買を見越した身体検査をされた後、直ちに刑が執行される。それも公開処刑だ。

女は追尾や監視が行われていないことを確認すると、メインエントランスから再びホテルに入り、あらかじめ連絡を付けておいたロールスロイス・ファントムの後部座席に乗り込んだ。「ペニンシュラグリーン」といわれる深い緑色に塗装された宿泊者専用車である。

「ちょっとこのホテルの周辺、尖沙咀地区《チムサーチヨイ》を回ってくれますか？　この街が好きなの」

尖沙咀は九龍《クオルン》半島の南端の商業地区である。車は高層ビルの合間を抜け、華やかな街並みを走った。

「では、フェリー乗り場へお願いします」

三十分ほどすると、女は九龍と香港島をつなぐスターフェリーの乗り場に向かった。

「ハイ、ヴィクトリア・ハーバーは美しいところだね」

フェリー乗り場で観光客らしきリュックを背負った若い白人男性が女に声をかけてきた。バックパッカーのようだ。

「ええ、本当に」

「九龍と中環《セントラル》の間には海底自動車トンネルや地下鉄が通っているけれど、僕はこの景色が見たくてフェリーで移動することにしたんだ」

「その選択は正解だと思うわ。旅行を楽しんで。お先に失礼！」

女は若い男にウィンクをすると、係員にプリペイドカード「八達通《オクトパス・カード》」を手渡してチェックを受け、夜星號《ナイトスター》のデッキに飛び乗った。香港島の北岸、中環までの運賃は平日二ドルである。

中環は香港の中心地であり、多くの多国籍金融機関の本部のほか、多くの国の領事館が政府山《ガバメントヒル》と呼ばれる地区に集中していた。香港の超高層建築の集積率は、ニユーヨーク市マンハッタン地区を抜き、現在は世界で最も高い。

香港島で下船した女は、足早に高層ビルの谷間を抜けていった。この辺りはビジネス街だが、歴史ある建物が所々に残っていて独特の雰囲気がある。女は古いオフィスビルが連なる一角に入り、白いコロニアル・スタイルの建物の中に消えた。

こぢんまりした建物である。石造りのエントランスの奥には分厚い木製の扉があり、その内側は小さなホールだ。扉は一つしかない。ハイヒールで歩く女の足音がホールにこだました。

女はハンドバッグの中からカードキーを取り出した。ホールの正面に掛けられたフランシスコ・デ・ゴヤの複製絵画に近づき、その額縁《がくぶち》脇の隙間にカードを差し込む。すると、背後の木製扉がロックされる音が聞こえたと同時に、額縁右手の壁が静かに上に動き、新たに磨《す》りガラスの扉が現れた。

続いて女は、磨りガラスの扉脇の小さなモニターで静脈と光彩認証をし、十数桁《けた》のパスワードキーを打ち込んでいった。するとモニターに緑のランプが点灯して、磨りガラスの扉が開錠された。

「ただいま」

そこは日本国警察庁長官官房諜報課の香港分室だった。

分室内はシリコンバレーにあるIT企業のような雰囲気だ。特殊ガラスのパーテーションで仕切られた円形の個室が並び、太陽光は光ファイバーで取り込んでいる。入り口には背の高い観葉植物の鉢植えが置かれ、開放的な空間を作っていた。

三十過ぎの白衣を着た男が振り返って言った。

「おかえり。先ほどのブツはなかなかの優れものだったね。さっそく送ってくれたデータを分析してみたんだ。このブツはおそらく深圳《シエンチエン》市の経済特区内にある特殊工場で精製されたものだね」

キャリア技官の時任祐作《ときとうゆうさく》は、分析結果をプリントアウトして女に手渡した。

「サンキュー」

そしてこの女は——榊冴子《さかきさえこ》。警察庁のキャリアで階級は警視だ。東京大学法学部出身、入庁七年目の二十九歳である。一見、国籍不明とも言えるエキゾチックな美貌の持ち主で、女性らしい曲線的な体のラインはどこへ行っても目を引いた。スイスで生まれた冴子は、子供のころから海外各地での生活が長く、英語はもちろん北京語も母国語のように操れた。

今回は、もともと持つスイス国の旅券で中国に入国していた。八年前、スイス国から十年間有効の旅券を交付されていたのだ。もちろん、今の身分は日本国のために働く警察官である。二重国籍は国際法で認められていないが、二つの旅券は仕事上で大いに役立った。美しい冴子が色目を使えば、先進国の入国管理官ですら二つの旅券に出入国スタンプを押した。また、監視カメラとコンピューターセキュリティーの網に掛からないように、国際線の機内で偽装の出入国申請を行うこともあった。

冴子はレポートに目を落としたまま聞いた。

「深圳市で精製されたって……ブツに含まれている成分で判明したの？」

「ああ。フェニルメチルアミノプロパンに含まれる組成物の中から、深圳市でしか発生しない特有の微物が検出されたんだ」

「特有の物質って何なの？」

「福田区《フーティエンオウ》周辺に発生する特殊な化合物だろう。あの辺りには、特区の中でも化学系の工場が集中しているんだ」

深圳市は経済特区で、中国人でも入境許可が必要な地域だ。その特区の中でもとりわけ羅湖《ルオフー》区、福田区、南山《ナンシャン》区、塩田《イエンテイエン》区には世界各国からやって来た多くの企業が工場や事務所を構えていた。

「中国の大気汚染は深刻だものね。お金持ちの中国人女性が日本で洗顔料や化粧品を大量に買い込む気持ちがよくわかるわ」

「大気汚染と化粧品ってどう関係するわけ？」

「だって、肌荒れの一番の原因は汚れた水と空気よ。きれいな水も空気も日本ではタダだから、そのありがたみを感じにくいけどね。中国人のほんの一部の人たちがいくら豊かになったって、汚染された空気を吸って暮らさなければならない。国を離れられないなら、せめて高級化粧品にすがりたいと思うのが女性というものよ」

「なるほどね」

冴子は屈《かが》んでハイヒールのストラップを外した。

「中国人は、いまだに国内で自分の土地を持てないの。現在の共産主義国家が倒れない限り私有地は認められない。けれども中国共産党が倒れてしまったら、今の富裕層は全員破滅してしまうかも知れないけれどね」

「それで中国人は今、北海道などの原野を買いあさっているのかな。きれいな水と空気欲しさに……」

「憧れるんじゃないかしら」

「ここ香港は富裕層が多く住む都市だな」

「金融資産を百万ドル以上持つ富裕世帯は、二十一万世帯を超えるのよ。その数はフランスやインド全土よりも多いんだって」

さらには個人資産を十億ドル以上保有する〝ビリオネア〟は、香港に三十八名いると言われていた。その数はモスクワ、ニューヨーク、ロンドンに次ぎ、世界の都市で四番目である。

「金持ちはいるところにはいる、ってわけだな」

「まあ、〝社会主義的市場経済〟などという、まやかしの共産主義は近い将来必ず破綻するわ」

「必ず……？」

時任は革張りのビジネスチェアの背もたれから体を起こした。化学分野では天才的な能力を見せる時任も、政治経済に関しては全く疎かった。冴子は向かいのチェアに座ると、長い髪を束ねながら言った。

「十三億人全てが裕福になる共産主義なんてあり得ないでしょ」

「そう言われればそうだな。でも国が全体の面倒を見ている中国に、ホームレスはいないよな」

冴子は呆れた顔をした。

「時任さんは休日、何をして過ごしてるの」

「休日は九龍を散歩してショッピングが多いかな。たまにはマカオで博打もやるよ」

「そう……マカオでホームレスを見かけなかった？」

「少なくとも僕の視界には、金持ちたちの姿しか入らなかったなあ」

「マカオや香港のように富裕層が集まる場所には、一方でとっても貧しい人たちも多く住んでいる。香港湾の中で水上生活をする貧困層はいまだに多くて、彼らはフィリピンから家政婦として出稼ぎに来ている者よりも収入が少ないの」

「貧富の差の激しいところなんだな」

時任はパソコンの画面に水上生活者たちが暮らす小舟を映し出した。冴子はその画面を指さしながら言った。

「彼らのような漁業関係者をマフィアは巧みに使っている。香港マフィアの両巨頭と言えば、一四K《フォシエンフォ》と和字頭ね。中国政府はマフィアに手を焼く半面、マフィアを利用することもある。時にマフィアは政府の手足となって動く。尖閣《せんかく》諸島に入って日本に対する抗議行動をした人たちがいたでしょう。漁業関係者といっても、彼らはマフィアの指示を受けていたはずだし、その背後には中国政府の影があるはずよ」

時任は口を開けたまま何も言わない。

「香港の漁業関係者に反日感情などないわ。だって歴史はおろか、日本の首都さえ知らない人たちよ。彼らの年収を超える金を出して尖閣諸島に突撃させたのは、中国政府の意を受けたマフィアの仕業なの」

肩をすくめると、冴子は落胆するように小さく息を吐いた。

「驚くことに、あの指示の裏には、同胞に向けたナショナリズムの高揚という意図も、反日抗争を煽ろうという意図もない。中国政府は、自分たち中国共産党に対する反感を和らげたいだけ。パフォーマンスは一種のガス抜きね。貧民はドッグレースの犬に仕立てられていると言えばいいのかしら。悲しいことよね」

何かを思い出すように時任は目を瞑《つむ》った。

「ドッグレース……マカオでは人気のあるギャンブルだった。ただ、貧民たちにとっても悪い話じゃないよな。一年分の収入を超える金をもらって、一ヵ月ばかり船遊びをしてくればいいわけか。命の危険を感じることはないばかりか、捕まって連れて行かれた先では美味い飯が食える。寝床もある。一生乗ることもできなかっただろう飛行機で帰国したら、ちょっとした英雄気取りも味わえるってわけか」

二人は顔を見合わせて頷いた。

「中国は本当に貧富の差が激しい。それを是正することはできないわ。そこが中国の経済体制の歪《ゆが》みなの。例えば、北京には一千万人のホームレスがいると言われてるのよ」

「一千万人も！」

冴子はチェアの背もたれに寄りかかり、天井に向かって溜息を吐いた。

「北京オリンピック前には、その十倍近くの流民が北京市内に集まっていたらしいわ。その時取り締まられた流民の孤児が数百万人、未だに市内には残っているはず」

「何についてもスケールが違うなあ」

時任がおおげさにのけぞると、黒いセルフレームの眼鏡が落ちそうになったので、慌てて蔓を押さえた。

「時任さん、北京市の広さはどのぐらいか知ってる？　日本の県や地域と比べると、どのくらいだと思う？」

「そうだね、東京都ぐらいかな」

「ううん、日本の四国と同じくらいの広さよ」

「そんなに大きいのか」

冴子は頷きながら、もう一度先ほどの分析レポートに視線を戻した。

「それより、化学物質をどうやって特定したのか教えて」

時任は専門家の顔つきになって答えた。

「冴子さんも覚せい剤に関する知識は持っているから、重要な点だけ。今回の覚せい剤メタンフェタミン（$C_{10}H_{15}N$）は、アンフェタミンの窒素原子上にメチル基が置換した構造なんだ。『CH_3-』と表される最も分子量の小さいアルキル置換基が置き換えられる際、要するに覚せい剤が再結晶化されるとき、周囲の空気内の微分子も一緒に結晶化しちまう」

今度は冴子が教えられる番だった。

「その微分子から、深圳市福田区特有の化学物質が検出されたというわけ？」

時任は大きく頷いた。

「都市や街によって空気に含まれる成分は微妙に異なる。大気汚染のひどい北京なんかは言うまでもないけれどね。それら特徴的な微分子から、街を割り出すのはそれほど難しいことじゃないよ」

「へぇ、驚いた。次は福田区に入って、覚せい剤工場を突き止めるまでね。でも、あそこは特区だから簡単には入れないわ」

腕組みをする冴子に時任は耳打ちした。

「いい情報がある。来週、日本から企業団が特区の視察に来るようだよ」

「どこの業界?」

「ケミカルとITの合同チームだとか。経団連が主催者と聞いたな」

冴子はチェアから立ち上がると、明るい顔で手をパンと叩いた。

「了解。上手く紛れ込んで来るわ」

「そうこなくっちゃ」

ソファーに投げ出されたハンドバッグの中からスマートフォンを取り出すと、冴子は経団連国際経済本部の直通番号を確認した。

「その前に、大気内微分子検知器の性能チェックをしておきましょう」

時任は引き出しから小さなアルミ製のスティックを出した。


冴子が警察庁長官官房諜報課の北京支局香港分室で仕事をするようになって、まだそう長くはなかった。諜報課への異動が言い渡され、その後正式に配属になったのがこの分室である。広東省を拠点として流通する覚せい剤の製造ルートにまでさかのぼり、これを根絶させるのが冴子のここでのファーストミッションだった。一部に出回るその覚せい剤の純度は極めて高く、チンピラのようなマフィアが手掛ける製品にしては精巧すぎると言われていた。製品はどこかの精製工場から、廃棄物処理業者や運送業者に成りすましたマフィアによって持ち出され、非常に高値で取り引きされているらしかった。

第一章　諜報課

世界に遅ればせながら、日本に「警察庁長官官房課報課」という国際課報機関が誕生してまだ十年と経たない。課報課は、警察行政の頂点に立つ警察庁長官の直轄組織である。活動内容や規模、予算に関しては、国家の機密事項とされてきたため、その実態をマスコミはもちろん警察内部ですらほとんどの者が知らなかった。課報課は警察庁に属す組織でありながらも、監督機関である国家公安委員会へのあらゆる報告義務が特別に免除されていた。

課報課のトップは課報官である。課報官にとって、実質的な上司は警察庁長官一人しかいない。課報官を支えるのは課報課長であり、課報課長には警察庁の各局長に準じ審議官級の警視監が就いた。そして彼らの名前は、組織表のどこにもなかった。

霞が関の中央合同庁舎五号館の最上階にある喫茶室で、警察庁刑事局長の高橋潔《たかはしきよし》と、警備局長の根本克彦《ねもとかつひこ》は小声で話し込んでいた。この喫茶室は、警察幹部の打ち合わせに利用されることが多かった。この建物に入っているのが日頃あまり交流のない厚生労働省と環境省であるため、警察幹部の顔を知る者が少ないからだった。また、安くて美味いコーヒーを出す所として好まれてもいた。

眼下に広がる日比谷公園の濃い緑に見向きもせず、高橋は少し苛立たしげに言った。

「根本、最近あっち、がやけに人材を集めているな」

根本は肩をすくめた。

「オメガのことだろう？　俺もそれが気になっている。うちも最近、企画課長候補だった優秀な男を一本釣りされた。外事情報部長もな。刑事局もそうなのか」

オメガ——誰が言い出したのか、警察庁諜報課は「オメガ」という通称で呼ばれることが多かった。Ω《オメガ》とはギリシア語アルファベットの最後の文字で、「究極」という意味をもつ。その辺りがネーミングの由来のようであったが定かではない。

「ああ、うちは組織犯罪対策部長を持って行かれたよ」

「オメガがあそこまで人事で優遇されると、その他の部署が成り立たなくなってしまうような気がする」

「各年次のトップスリーをことごとく持っていかれてはな」

「今度の御前会議で片岡《かたおか》長官に直訴したいぐらいだよ」

二人はお互いライバルという意識はあったものの、東大運動会出身の同期で、昔から気心が知れているため警察内部のことでも明け透けに話すことが多かった。

「しかし俺たちのどちらかが、いずれオメガに行くことになるだろうな……。謎めいた部署をまとめなけりゃならないんだ」

高橋はため息を吐いた。警察庁の局長まで昇った二人のキャリアのうち、どちらかは警察庁長官に就任し、どちらかはオメガのトップに配されると、まことしやかに噂されていた。来春の人事で警察庁次長のポストを得たほうが将来の長官だ。

高橋は続けて言った。

「でも俺はなぁ、根本。最近そのどちらでもいいと思うようになってきたよ。オメガのトップは日本の諜報機関の長であり、実質的に最も高度なインテリジェンスを得ることができるんだからな。その情報レベルは、内閣情報調査室が持つものよりも上だろう？」

「内調が扱う情報は、どちらかというとインフォメーションに近いからな。オメガは課報、インテリジェンスだ。徹底的にエージェントとして教育された捜査官たちの世界だよ。案外、警察庁長官より面白いポストだったりしてな」

「根本は備局だからな。もともとそっちの素養があるから、そう思うのかもしれない。国会答弁もしなくていいんだからな」

「ははは、そういうことだ。長官は、高橋、お前の方が向いていると思う。これが警視総監の席となれば、俺も真剣に悩むんだが」

警視総監は警視庁のトップであり、かつ警察階級のトップでもある。一方、警察庁長官は行政のトップであるが、階級のトップではないのだ。このためキャリアの中では長官よりも総監を希望する者が多いといわれる。

「片岡長官は来春、辞めないっていう噂もあるな」

「ああ、原則任期は一年なのに、もう一年延長するつもりらしい」

「そういうことをされると、ナンバーツーの官房長が昇進できず、ダルマ落とし式に出世コースから弾かれてしまうのにな。まあ、そんなサプライズ人事もあることだし、俺たちもどこにやられるか分からないというのが本当のところだな」

「備局の長としては、今や関心はオメガに向いているよ。俺もジェームズ・ボンドを気取って腕時計はオメガに替えるかな」

手首のセイコーを指さす根本を見て、高橋は笑いながらコーヒーを啜《すす》った。

「オメガ設立時の騒動はいまだに思い出すことがあるよ。二人とも警視庁にいたよな。お前が公安部長、俺は刑事部長だったころだ」

「課報機関をつくります、名前は〝課報課〟だもんな。馬鹿正直というか、挑戦的というか、対外諸国もぶっとんだようだ。あまり穏やかな名前ではないだろう。内閣官房も騒いだし、国会も沸いたな」

根本はふっと鼻から息を吐いた。

「設立当初はお手並み拝見という態度をみせた主要各国だったが、いまだに実態を知らされていないことに苛立ちを見せつつあるらしい。ＣＩＡ担当者からそう聞いた」

「そうだろうな。課報機関を創ろうとする動きは以前からあったよな。ただ、法務省、外務省、防衛省と警察の主導権争いになっちまった。そんな中で、警察庁が独自でオメガを創ったんだから、各省庁ともに面白くはないだろうし、日本唯一の課報機関と言いたくないところはあるだろう。とくに法務管轄の公安調査庁の抵抗はすごかったよな」

日本の情報機関には、内閣官房内閣情報調査室、公安調査庁、外務省国際情報統

括官組織、防衛省情報本部、警察庁警備局がある。それらは内閣情報会議・合同情報会議において情報交換を行っている。

「公安調査庁が激怒した理由は別にあるだろう。公調元長官の嫁さんをマルチ商法で公安部がパクったからさ。あの一件で、まず公調が道を譲らざるを得なかった」

高橋は笑った。

「いや、あれは時期を合わせて狙い撃ちしたわけではないんだ。本来ならば生活安全局のマターだが、うちでやってしまった方が早くてな。でも確かにあれからだな、課報課設立の気運が一気に高まったのは」

「そして現長官に至るまで、オメガは拡大路線を走ってきたわけか」

二人はコーヒーのおかわりが来るまで、思案顔で黙っていた。警察組織の最高幹部の一員でありながらオメガについては未知のことが多かった。

「ところで最近、われわれの組織のことで不思議に思うことがあってな」

熱いコーヒーを流し込むと、根本は続けて言った。

「エリートと目されていた輩の中途退職が続いているんだ。先月も総括審議官が退職した。このポストはここ三代、備局出身者だったんだが、みな計ったように一年半で辞めてしまった。また、この間早期退職したやつは長官官房勤務を終えたあと突然辞表だ。しかもこういう辞め方をした人間は一人じゃないんだよ」

「辞めた後の天下り先は？」

「はっきりしないケースが多いが、オメガが民間企業の社員に身分替えした彼らを、実質的にエージェントとして引き取っているようなんだ。外部委託の形をとっているわけだ。おそらく転職先の民間企業もダミー会社なんだろう」

「そういえば『警察公論』の主幹も、中途退職問題については首を捻《ひね》っていたな」

『警察公論』とは警察大学校の特別捜査幹部研究所を卒業した幹部候補生が購読する月刊誌で、高度な内部情報も時として掲載されていた。

二人はしばらく押し黙った。

「高橋、オメガを統括する諜報官の名前は知っているか？」

「はっきりとは知らないが、たぶん杉山龍博《すぎやまたつひろ》さんだろう」

「おそらくな。しかし杉山さんの辞め方も奇妙だったな。警察庁次長のとき、つまり長官まで最後のステップを上がるだけというときに、体調不良を理由に退官された。今でも現役でオメガを指揮されているんだろうか。すでに定年を過ぎているお年だが」

「杉山さんは杉山財閥の直系で、兄弟はそれぞれ金融界と政界の大物だろう。金はうなるほどあり、バックもデカい。あまり警察官にいないタイプだったな」

「彼の号令で、古巣の警備局や警視庁公安部から優れた人材が抜かれていると考えてもよさそうだな」

「しかし、将来有望だった連中はどうしてそう簡単に組織を去ることができるんだろう。俺には理解できないね」

高橋は憮然として言ったが、根本は目を伏せた。

「俺は正直、耳が痛い。要はわれわれの組織にどれだけ魅力があるか、ということだろう。昔のように一ポストに同期が三代続けて就くなんてことは、あり得なくなった。世間に天下り問題を追及されるのを恐れて、上はポストにしがみ付く。はしごを外された人間はどこへ行くのか。まさか年次が下の者の後任に就けるわけにいかないよな」

「人事は頭を悩ませている」

「俺たちの時代はまだよかった。同期二人が同時に局長に上がったんだ」

「しかし、最後に残るのは一人だ」

高橋は根本の目を見た。

「そこが唯一にして最高の目的地だと、誰が決めたわけでもない。諜報といえば当然、舞台は世界だ。世界を相手に、思い切り仕事ができる立場に興奮を覚えない人間は警備や公安経験者にはいないだろうな」

根本は噛《か》みしめるように思いを語った。

「俺はな、刑事警察の本分としてイリーガルはやりたくない。やはり捜査というものはデュープロセスを踏むべきだと思う」

高橋は胸を張って言ったが、根本の次の言葉の前に二の句を継げなかった。

「それで国際捜査が上手くいったことが何度あった？　俺たち日本警察は何度、海外企業や海外の課報機関に煮え湯を飲まされれば、目が覚めるんだ？」

翌朝一番で、警備局長の根本の卓上電話が鳴った。ナンバーディスプレーから長官からであることがわかった。

「悪いが、今こっちに来られるか」

根本は昨日の高橋との会話の断片を思い出しながら、それを見越したような長官からの連絡に戸惑いを覚えた。

「すぐに伺います」

足早に長官室に向かった。

「おう、まあ座れや」

警察庁長官の片岡健史《たけし》は、根本の五年先輩である。古武道の達人でもあった。長官室のソファーを勧められた根本だったが、長官がデスクを離れて応接に入りソファーに身を沈めるまで、扉脇で直立不動だった。片岡はいつもながらの穏やかな顔つきであるが、目つきが普段よりも厳しく感じられる。根本の背筋に緊張が走った。

「どうだ、備局は？」

片岡は根本の二代前の警備局長だ。警備局の動向など当然把握しているに決まっている。

「いい人材が抜かれて悩んでおります」

根本はジャブから始めようと思って長官室に入ったが、片岡の表情を見て、咄嗟《とっさ》にストレートにぶつかる作戦に切り替えた。

片岡はやや俯くと、根本の目を見ずに口元を歪めた。

「ふん……根本はオメガの動向を相当気にしているようだな」

予想外のクロスカウンターだった。根本は実際にパンチをくらったかのように、体勢を整えるためソファーに座り直した。その先の出方を練り切れていなかった根本は言葉に詰まった。片岡は言った。

「杉山龍博さんが来年、オメガの諜報官を退《しりぞ》かれる。役所はすでに定年退職されていたんだが、今年まで無理をお願いしてトップを続けていただいた。政権交代もあり、実にやりにくい時代でもあったと思う」

「はぁ……」

根本は片岡の意図がいまだ読めず焦っていた。

「俺はもう一年長官を続ける。杉山さんの後任は、お前だ。察庁次長には高橋を据える」

まさかこの朝人事が言い渡されるとは思いもよらなかった。警察人事に打診はない。そこには一言、命令があるのみだ。しかし、今回のように半年先の人事を告げられることはまずない。それだけに、根本はそこに片岡のオメガに対する一際強い思い入れを感じずにはいられなかった。

片岡は根本の気持ちを窺うでも、意志を確かめるでもなく話を続けた。

「チヨダもオメガの動きを気にしているようだが、下手な詮索はやめさせろ。いいな」そして一息つくと言った。「オメガの概要を教える」

東大運動会の先輩後輩さながら、根本は全身を固くして懸命に服従の意志を示した。警視総監の夢はここにあっけなく断たれた。そして諜報機関の長に任命されたことに、まだ何の感慨もわかなかった。片岡の説明も半分ほどしか耳に入ってこない。

簡単な説明のあと、片岡は最後に言った。

「警備警察に携わった者にしか、オメガとそれを取り巻く世界のことは分からない。知るべき人だけが知っている、それが情報、そして諜報だ。お前は長期政権となるだろう。組織を鍛え、下を育てろ。杉山さんからの申し送りはない。役所らしく、引き継ぎ文書にサインするだけだ。いいな」

「かしこまりました」

質問も何もなかった。根本の道が決まった。

デスクに戻った根本は受話器を取った。

「高橋、お前は次長になる。ということは次期長官だ。きのうの話どおり、俺はオメガに行くよ」

「本当か!?」

高橋の声は掠《かす》れていた。

「いま、片岡長官に呼ばれたんだ。長官命で、俺とお前はこれからも情報共有をしていくことになる。オメガの実態も伝えていく。お前が長官になるのは一年半後だよ」

「……おい根本、午後一番できのうの喫茶室で会えるか」

「都会のビル群も日比谷公園の緑も、きのうとはまるで別の景色に見えるよ」

警察庁が入る中央合同庁舎二号館から地下通路を早足でとおり、五号館に到着した根本は上ずった声で言った。高橋も若干顔を上気させている。

「一緒に直訴にいこうと思っていたのに、先の先の技を打たれたようなものだな」

コーヒーに手を付けず、二人はきのうよりも更に声を落として囁《ささや》き合った。

「ああ、剣道でいえば出小手《でごて》だ」

「相手に飛び込んで伸ばそうとした右手を打たれたな」

「根本、お前は了承したのか」

友人を心配するように顔を覗き込む高橋に、根本は吹き出しそうになった。

「了承？　俺たちの人事にそんな言葉を差し挟む余地はどこにもないじゃないか。命令には絶対服従、それができないなら組織を去るだけだ」

「いや、そうなんだが」

根本は心中で高橋の気遣いに感謝した。この人事はお互いにとって、またとないものだと思った。

「オメガは驚くべき組織だ」

「やはりそうか」

根本はいったん周囲を確認すると、身を乗り出して高橋に顔を寄せた。

「設立当初の予算は千五百億円。そのうち五百億は備局の裏金だとさ」

「お前、裏金ってどこにそんな金が眠ってたんだ？」

高橋は唖然として聞いた。

「備局は単年度会計などという悠長なことはやっていない。余剰金は毎年残して、運用金を含めて五百億ためこんだ」

「警察庁の年間予算の五分の一にあたる大金だぞ。いつからそんなことをやっていたんだ」

国家予算は単年度会計だ。積み残しをすると、翌年にはその分の予算が削られる。そのため年度末になると、役所では必要もない出張をして予算消化に努めることもあるのだ。年度末に道路工事が増えるのも同じ理由からだ。

「バブル期とその前後だろう。今ではとてもできないよ」

「会計検査院の調査はどうかわしたんだ」

「あそこには協力者《タマ》がいた。毎年、予算は消化したとの会計報告を出させていたらしい。それが積もり積もって、オメガの土台作りに使われていたとはなぁ。俺だって知らなかったよ」

　高橋は呆れて言った。

「金の名義人はどうなっているんだ」

「一応、非課税の財団法人を設立して、投資顧問会社に運用させていたそうだ。当時は利回りも大きかったんだろうな」

「そりゃ一歩間違えば犯罪だぞ」

　根本は下唇を噛んだ。

「ああ、しかし国会の会計上、〝ない〟金だから犯罪構成要件にあたらない。国に返還しても何に使われるか分からないし、いざとなれば、ＣＩＡにでもくれてやるつもりだったらしい」

「とんでもない話だな。これが警備警察の世界か。開いた口が塞がらないよ」

　そう言うと高橋は真顔で聞いた。

「そんな大金のことを聞けば、やはり杉山財閥が絡んでいたのかと誰もが思うだろう」

「杉山さんは、十数年前から諜報機関を設立すべく動いていたんだ。そんな方から諜報官のバトンを引き継ぐのはいささか荷が重いよ」

根本は自分に言い聞かせるように言った。

「組織の規模はどのくらいなんだ」

「発足当初は五十人足らずだったそうだが、今ではだいたい現職二百人、再雇用が五十人の計二百五十人体制だ。メンバーは警視庁公安部から来た者がもっとも多い。目をつけたら一本釣りだ。キャリアは各年次から、警視正を一人と警視を二人。内閣情報会議の内容こそ仕入れているものの、原則、他省庁とは没交渉だ」

「若いキャリアもいるのか。それになんだ、その再雇用って」

根本は囁いた。

「ほら、備局の優秀な人間の退職が続いているという話をしただろう。彼らはやはりオメガへ転職していたんだよ。国家公務員には本来再雇用はないから、ダミー会社が必要になってくる」

「現職を異動させるだけでは不足だとでも言いたげだな。やりたい放題だ」

オメガは警察機構の中で極めて異色の部署であり、その人材確保の方法もその他の部署とはまるで違っていた。

根本は頷いたが、日本警察の秘密のベールの内側に自分が入るという事実に身震いする思いだった。

「国際諜報機関というからには、世界中にブランチがあるのか」

「米、英、露、独、スイスにベルギー、そしてインドに中国。それぞれの首都に支局があり、それ以外に香港など四都市に分室があるんだ」

意外そうな顔をして高橋が聞いた。

「ヨーロッパ偏重だな。中米はともかく、南米やアフリカには必要だろう」

「現時点では手一杯なのだと思う。まだ大きなリスクを取れないということもある。数千人規模の組織になれば、そういう地域にも支局が置かれるだろうがな。オメガの主たる業務は国際的なインテリジェンス活動で、当然イリーガルな作業も伴うわけだから、用心するに越したことはない」

根本は一夜ですっかりオメガの一員になったかのように振る舞う自分がおかしかった。ふと照れ笑いを浮かべると、高橋もつられて笑った。

「たしかに世界を股にかける組織とはいえ、一支局あたり十五人程度しか捜査官を配置できないのでは、規模としてはテレビ局の外信部にも劣るな。それでインテリジェンスをやろうとすれば、精鋭を揃えなければ立ち行かない」

刑事局から引き抜かれた男の顔を高橋は思い出した。

「オメガ内はミッションごとにチームで動くんだ。一つの事案が解決すればチームは即解散する。それは支局長の判断だ。複数の局にまたがった合同作業もありえる」

「ほう、ミッションか。まるでスパイチームだな！　ところでスパイ大作戦の舞台は海外だけなのか？　いずれ〝国内編〟が見られる日も来るのかな」

「いや、残念ながら〝国内編〟に登場するのはこれまで通り公安部だ。お互い情報交換はするがな」

「しかし、よく秘密裏にここまでの組織を創ったものだ」

「警備局のチヨダを隠れ蓑《みの》にしてきたんだ。これだからチヨダは、戦時中の陸軍中野学校を引き継いだような組織だと批判をあびるんだよな」

自嘲気味に語りながら根本は、高橋がどこかいぶかし気な目をしていることに気づいていた。目の前で口角泡を飛ばしながら興奮気味に語る自分が、長年親交の深かった同期とは別人に見えたのかもしれなかった。警備警察を経験していない高橋にとっては、諜報の世界はやはりおそろしく不気味に映るのだろう。

＊

内閣官房内閣情報調査室——通称「内調」と呼ばれるこの組織は、官邸の耳目となって情報を集めることを職務とする組織だ。

内調がもつ最新鋭の衛星情報センター室で、二人の男が額を寄せ合ってある画像を観察していた。

「これが中国から北朝鮮に入る怪しい列車の様子だ。何か大型機材を積載しているように見えないか」

センター次長の樋口《ひぐち》は、警察庁警備局から内調へ出向中の警視長である。樋口は官邸よりも、根本警備局長からの特命を最優先して仕事をしているといってもよかった。本来ならば警察庁の課長クラスに栄転できる実績と能力を持っていながら、出向となったのは不運ではあった。

「たしかに異様ですね」

部下の細川《ほそかわ》も眉を寄せた。

「中国の丹東《たんとう》市から北朝鮮の新義州《しんぎしゅう》に向かう貨物列車は、だいたい十八両で、毎日何らかの貨物を積んで往復しているよな」

「はい。でもこの画像に映っている車両は明らかに特殊です。三つの車両をぶち抜いたような形で、長さ七十メートルほどの巨大な鉄骨を載せています」

樋口は頷いた。

「まるでミサイル発射台でも運んでいるように見えるな」

二人は情報をつかもうとプロジェクター画面を食い入るように眺めた。

「中国にしてもロシアにしても、最近、われわれ日本を刺激するようなことを平気でやってくれますね」

「政府が舐《な》められているからだ。何を言っても、何をやってもじっと耐える国だと思っていやがるな」

「本件について官邸に報告を入れますか」

細川が尋ねたが、樋口は首を横に振った。

「あの連中に言ってもしかたがない。まずは備局に即報だ。警備局長の耳に入れておきたい」

樋口はもう一度画像を穴が空くほど見ると言った。

「うーん、やっぱりミサイル発射台に見えるんだよな。ミサイル発射については国連で非難決議を行っているんだ。中国はおそらく、これをビルの骨組みか、橋梁の鉄骨だと主張するだろうな」

「樋口次長、この画像をどこに分析させましょう？」

「どこかの工業大学の専門家に聞くしかないだろうな。この写真の搬送物を拡大し、備局と合わせて長官官房の諜報課にも送っておいてくれないか。官邸には、分析結果が出たところで報告すればいい」

細川は口ごもりながら聞いた。

「あの次長、搬送物だけでいいのですね」

「当たり前だろうが。列車もろとも全体を見せてしまったらどうなる？　この画像がどこかに漏れてしまったときのことを考えろ。画像から監視衛星をどこに飛ばしているのか、その位置が分かってしまうよな。北東アジアと朝鮮半島を監視する衛星に関するすべては極秘中の極秘、トップシークレットであることを忘れるなよ」

「了解いたしました」

さらに樋口は尋ねた。

「中国がこれだけのものを北朝鮮にプレゼントしているとなると、その見返りはなんだろう」

「中国の各領事館からの情報によると、中国はこの見返りとして、繊維製品やガチョウのダウンを得ているようです。さらに、比較的豊富にある良質な石炭や鉄鉱石、タングステンなどの希少金属です。これらの鉱物資源を鉄道を利用して運んでいることが分かっています」

「北の鉱物資源？　採掘設備は老朽化し、電力、水道などの基本的なインフラの状況も最悪だと思うが、資源など確保できるのだろうか」

樋口は部下を試すように質問を続けた。

「はい。確かに生産性は高くないようですが、中国は将来的に、北が滅んだ後の進出を目論んでいる様子です」

「相変わらずしたたかな国だな」

「あの国は、日本から借りた、というよりぶんどった金で、アフリカや東南アジアなどに資金投資し、世界中の鉱物資源を買いあさっていますからね」

「北朝鮮は二〇〇五年九月に羅津《ラジン》港の五十年間の租借権を中国に渡している。羅津を中国の領土だと主張することで、東シナ海も日本海も中国の海だというかねてからの主張をさらに固めるつもりなんだな」

今や中国は、北朝鮮最大の鉄鉱山「茂山《ムサン》鉱山」の採掘権も確保し、中国企業は、東北アジア最大の銅山「恵山銅鉱山(エサン)」、亜鉛鉱山「満浦(マンポ)」、金鉱で有名な「会寧(フェリョン)」にこぞって資本を投入していた。北朝鮮は事実上、中国の支配下にあると言っても過言ではない状況にあった。

「実は他にも妙な動きがあるんです」

細川は報告を続けた。

「この中国の丹東市と北の新義州を結ぶ往復貨物列車のうち、北から戻ってきた列車の中で、まれに途中で一貨車が切り離されることがあるんです。そして貨車ごと貨物船に乗せられて、中国深圳市の福田区に運び込まれます」

「福田区といえば経済特区だな。あの辺りは化学関連企業が集中していたはずだ」

樋口は怪訝な顔をして言った。

「何らかの化学原料が北から運び込まれているのでしょうか」

「そんな原材料を北は持っているか？」

しばし考え込んだ細川だったが、不安そうに口を開いた。

「貨物列車は北でも厳重な警戒態勢で運ばれていました。核燃料やこれに付随するものでなければいいのですが……」

「核物質か。しかし、そんなものを特区に持ち込むような危険を中国が冒すとは考えにくいな」

樋口はこの画像と異様な貨物列車について、すぐに警備局長の根本に報告を上げた。

渋面を作って一連の話を聞いていた根本だったが、樋口の話が終わらないうちに、深圳市の福田区に捜査官を即潜入させなければならないと感じた。タブレットでデータベースにアクセスしてみると、ちょうど来週経団連が主催する日本企業の視察団が深圳に入る予定だ。これに紛れ込ませ、内部調査を始めさせればいい。

根本は警察庁警備局のデスクから、課報課に連絡を入れた。

オメガ課長は押小路尚昌《おしこうじなおまさ》という警視監で、根本の三期後輩にあたる。丁寧な物腰の紳士でとてつもなく頭の回転が速かった。総括審議官という警察庁長官への試金石ともいえるポジションにつくと噂されていたこのキャリアは、大方の予想に反し、課報課長となった。警察トップがオメガという組織をいかに重要視しているかが、この押小路の人事一つで理解できるのだった。

「押小路、課報課の中で、中朝関係のエキスパートを俺のところに寄越してくれないか」

「ただいま」

　間もなく根本のところに、来室者があると秘書から連絡が入った。

「課報課の篠宮《しのみや》と申します。アジア担当主幹の任に就いております。押小路課長より、中朝関係についてのご質問があると伺いましたが、どのような内容でしょうか」

「ほう、オメガには〝主幹〟なる呼び名があるのだね。まるで新聞社のようだな。君はオメガに行って何年になる」

「六年目になります」

「すると、オメガの中では古株と言っていいな。さて来週、深圳市の特区を日本の企業団が視察に向かうらしいな」

「経団連の国際経済本部です。現地のエージェントから報告が入っています」

　篠宮は手にした資料を神経質そうにめくりながら答えた。

「実は、この企業団に捜査官を送り込みたい。ふさわしい人材はいるかな？」

　一瞬宙を見たが、視線を根本に戻すと篠宮は言った。

「いま香港で薬《ヤク》を追っている北京語と広東語《カントン》に優れた者がおります。入庁七年目の女性捜査官で、榊冴子警視です」

根本はここで冴子の名前が挙がるとは思ってもみなかった。

「榊か、なるほど。それならば早急に指示を出してくれないか。新義州から丹東を経由して中国広東省深圳に運び込まれている貨物があるんだ。その行方と積載物を知りたい。丹東からは航路で貨車ごと運ばれているようだ」

篠宮は小さく首を捻った。

「考えられますのは、麻薬の原料でしょうか。こちらには、開城《ケソン》や平安北道寧《ピョンアンプクドニョンピョン》辺、平壌《ピョンヤン》市祥原《サンウオン》郡周辺を出発し、新義州へ向かっている貨物列車が、駅構内で忽然と姿を消すとの情報も入っております」

「いずれもケシの栽培地だな。確かに覚せい剤や麻薬は北の国家事業だ。だが最近中国は、北の麻薬が大量に入ってくることにナーバスになっている。取締りも強化しているはずだ」

根本がそう言うと、篠宮も専門知識を披露した。

「おっしゃるとおり、丹東市のある遼寧《りょうねい》省、吉林《きつりん》省、黒竜江《こくりゅうこう》省のいわゆる東北三省を中心として、北の違法薬物の蔓延《まんえん》が深刻化しています。しかし、それらは主にロシアンマフィアへ横流しされているブツです。特区である深圳に運び込まれるとは考えにくいのですが……」

「では今回、貨物列車で新義州から鴨緑江《おうりよくこう》大橋をわたって丹東市に送られたものは、それとは性格が違う品というわけなんだな」

「はい。鴨緑江大橋は〝中朝友誼《ゆうぎ》橋〟と呼ばれているくらいです。この橋を通して交易される物品は、国家間の了解と約束によるものと考えていいと思います。もし、違法薬物の原料がこの橋を経由して運ばれているとすれば、国家が率先して違法薬物の輸送を行っているということになります」

篠宮の説明を根本は頷きながら聞いていた。

「根本局長、麻薬といえば、先ほど名前をあげました榊捜査官が香港で入手した薬物サンプルには大きな特徴がありました。まず、産地は北朝鮮でした。ロシアンマフィアの間に出回っている薬物とは比べ物にならないほど、純度が高いものです。民間で製造できる水準を超えた高品質のものだと言えます。ただし、極めて微細ではあるようですが、ある成分の除去のために、中国の軍事関係者が独自に再精製しているようです。こちらはCIAからの報告です」

「香港といえば深圳のすぐ近くだ。それに中国の軍事関係者だって？　精製工場はどこだ」

「場所は分かっておりません」

根本は腕組みして天井を仰いだが、篠宮に向き直ると微笑んで言った。

「まあいい。それにしても君の口から榊冴子の名前を聞くとはね。そう言われてみれば、彼女は今北京支局にいるんだったな。来週、深圳でも上手くやってくれることだろう。経団連職員に扮《ふん》して潜《もぐ》るんだな。榊の報告に期待するよ」

根本はそれ以上質問しなかった。すでにその段階で警備局長としての守備範囲を越えていると思ったからだった。

＊

深圳経済特区視察団を乗せたチャーター便が香港国際空港に到着した。財界人や大手マスコミのデスクら百人を超える大視察団である。

空港には、「熱烈歓迎」という文字が躍る大きな横断幕が掛けられ、中国経済の要人や共産党幹部も出迎えに訪れた。

今回の視察を主催したのは経団連だったが、実際に音頭を取ったのは経団連前会長の大手前《おおてまえ》だった。住井《すみい》化学工業の会長である。大手前は長年、日本の財界の中で親中国派の旗振り役を務めてきた。住井化学工業の社長時代には、中国国内に三ヵ所の大規模工場を稼働させ、積極的に現地中国人を雇用した。

中国企業がアフリカや東南アジアに進出する場合、従業員もすべて中国人であることが多い。地元の雇用創出に配慮などせずとも、企業を誘致する国家に金が入ることで、政治的影響力を示すことができるという中国の戦略は、ある意味合理的なのかもしれない。

「日本企業が我が国と手を携えて、アジアの発展に寄与してくれることを心から歓迎します」

岡林《おかばやし》剛《つよし》は苦笑いをした。

中国側の代表がまるで自分たちがアジアの主であるかのような挨拶を述べたが、通訳はその辺りをあいまいに訳して伝えているのが分かったからだ。

「香港は来る度に景色が変わりますね」

「いまだ発展中ということなんだろうが、決していい傾向ではないな」

「企業が根付いていないということですからね」

経団連の係員が声を潜めて話すのが聞こえた。岡林はタイミングを図り、そのうちの一人にあわてた様子で頭を下げた。

「この度はお手間を取らせて申し訳ありませんでした。今回急遽《きゅうきょ》参加することになりました、桐朋《とうほう》化学の岡林です」

桐朋化学は、住井化学のライバルである四菱化学グループの子会社だ。規模はそれほど大きくないながらも、太陽光発電パネルに関しては世界的に名前が通っている優良企業だった。

「岡林さん、こちらこそ御社の社長直々にお申込みいただきましたのに、チャーター便の手続きが間に合わず申し訳ありませんでした」

「いいえ、それはうちの担当者の事務処理上のミスです」

そこへ住井化学社長室長の永井《ながい》が顔を覗かせた。

「桐朋さんが急遽視察団に入られると伺い、四菱化学さんもいよいよ中国進出かと経団連内部で話題になっていたんです。もう具体的な話になっていらっしゃるのですか」

岡林は肩をすくめて笑った。

「まだそんな段階ではありませんよ。いや、今回こちらに参加させていただいたのは、現地の地下水調査のためです。どの程度、純水に近いものがあるのかを調査しようと思いまして。水の濾過《ろか》から始めなければならないとすれば、事業として話になりませんからね」

工場誘致の際、もっともポイントになるのが現地の水質事情である。

「ですが中国にそれを求めるのは酷かもしれませんね」

永井は無理に愛想笑いを浮かべたが、冷たい目元からは「そんなことで急に参加するはずがない」という猜疑心が見て取れた。

「まあ、水質調査より、今回は実情視察がメインといってもよいでしょうか。弊社にも中国人はおりますが、彼らの発言がどの程度正しいものなのか、更には今後、どの程度中国という国家を信用してよいものなのか、この目で確かめておきたいと思ったからです」

穏やかに微笑みながら岡林は説明した。

「一筋縄では行かない国家と思った方がいいかもしれませんよ」

「中国はしょせん、真の社会主義革命に敗れた、中途半端な政治認識しかない国ですから。政府の指導者連中よりも将来の経済的支配者層を確かめておきたいですね。ソ連邦崩壊前のノーメンクラツーラを見るようにね」

永井が思わず生唾を飲んだ音が聞こえた。岡林はフンと小さく鼻をならすと、会場のざわめきの中へ消えて行った。

ノーメンクラツーラとは旧ソ連共産党の高級官僚名簿である。これに名前が記載されない限り、あらゆる役職や利権に縁がないと言われていた。現在のロシアの資産家たちは、例外なくこの名簿に名があるだろう。

その夜、香港の高級ホテルでは深圳経済特区主催の歓迎レセプションが開かれた。

スーツ姿がほとんどの出席者の中で、中国の武術家姿の男が周囲の目を引いた。岡林だった。四十過ぎとはいえ、その肉体が相当鍛えられたものであることは着衣の上からでも明らかである。この服装は、公式行事で着用しても失礼に当たるものではなく、中国武術に精通する者だけに許されたスタイルと言ってよかった。

中国人官僚の王《ワン》が近づいて尋ねた。

「岡林さん、その服装は清王朝時代に皇帝を警護する者が身につけていた歴史あるものです。あなたはどうしてその衣服をお持ちなのですか」

すると岡林は、手に持っていた筒の中から大きな免状を取り出した。

王は免状をつぶさに眺め、文言を読みながら添付されている写真と岡林の顔を交互に見比べた。そして深々と頭を下げた。

周囲が小さくざわめいた。その免状に何が記載されていたのか、みな興味津々といった顔つきである。

すぐに王は岡林を会場中央にあるメインテーブルに案内した。急な座席の変更であったが、ホテルにしてみれば日常茶飯事のことなのか手早く岡林の席が設けられた。

王は興奮した様子で岡林を紹介した。

「岡林剛先生は、中国武術の中でも最強の一つである総戴《そうたい》の世界師範でいらっしゃいます。私の知る限り、このランクにいらっしゃるのは世界に五人のはず。確かに日本人で世界チャンピオンになられた御仁がいらっしゃったことは記憶にありました。今日、この席でお目にかかれたことを大変光栄に思っております」

メインテーブルを囲む十数人も恭《うやうや》しくお辞儀をする。岡林は流暢《りゅうちょう》な北京語で丁寧にあいさつをした。

「私は現在の中華人民共和国が、かつての国の武術を認め、しかも中日両国の交流の場でご紹介いただいたことに深い感謝と敬意を表します」

王が驚いた顔で質問した。

「先生は中国語をどこで勉強されましたか」

「日本と台湾です。中国本土の土を踏んだのは今回が初めてです。と言ってもまだ本物の土には一度も触れておりませんが……」

くすりと笑うと、王は言った。

「素晴らしい北京語ですね。岡林先生は中国と台湾の架け橋になる方かも知れません」

岡林の語学は警察官時代の講習で培《つちか》われたものだった。岡林は六年前、県警本部長時代に部下の不祥事の責任をとって警察官を辞職していた。その後、桐朋化学に中途入社した。

レセプションのあいさつと乾杯の発声が終わり、豪華な食事が始まった。

岡林はメインテーブルの中国側の参加者一人一人とマオタイ酒で乾杯を交わし、もともと指定されていた後方のテーブルに移った。これもまたマナーの一つである。席に戻ると、住井化学社長室長の永井が曖昧な笑みを浮かべていた。ライバルに一歩も二歩も先んじられた悔しさを何とかごまかそうとしているようだった。

「見事なパフォーマンスですね」

永井は恭しく言った。

「舐《な》められちゃいけませんから」

岡林は笑顔を崩さずに言うと、グラスに満たされたビールを一息に空けて料理に手をつけた。

「さすがにいい素材を使っていますね。料理人の腕もかなりいい。美味いなあ」

料理が半ばをすぎた頃になると、多くの日本側出席者が名刺交換を兼ねて各テーブルを回り始めた。日本流の挨拶回りである。岡林はこの様子を横目で見つつ、同じテーブルの中国側参加者と談笑しながら食事を続けていた。

中華料理のもてなしは、相手方が十二分に満足するまで料理が途切れない。豪華な大皿が何度となく運ばれてテーブルにのり切らないほどだ。

――相当な上客と思われているな。

岡林は振る舞われる酒と料理からそう感じた。

宴もたけなわとなった頃、メインテーブルの中国側出席者が席を立ち、各テーブルを回り始めた。普段、中国人がこのように挨拶することはまずない。

しばらくすると、彼らは岡林のテーブルにもやってきた。岡林は中国武術式の礼をして見せた。すると、王が岡林に言った。

「岡林先生、誠に失礼なお願いなのですが、中国武術の演武のようなものをご披露いただけませんでしょうか」

岡林は、王が自分を試そうとしているのが分かったが、微笑みを絶やさずに穏やかに答えた。

「服装倒れでは武術の先達に大変失礼ですので、では少しだけパフォーマンスをお見せいたしましょう」

岡林はテーブルから離れた。周囲には人が集まり始めている。

心を鎮《しず》めてから王に一礼すると、ポケットから皺《しわ》だらけの中国人民元の札を取り出した。右足を前に出し膝を曲げ腰を落とし、太股《ふともも》の上で札の皺を伸ばした。空手の代表的な型、ピンアンである。その後、札を持ったまま手と足をゆっくりと動かし始めた。簡単なようでいて人を引き付ける美しい動きだ。たおやかな動きの後に突然、鋭い突きと蹴りを放った。

すると王が近寄ってきた。両手で一膳の象牙の箸を持ち、自らの目の高さに掲げるように差し出した。

岡林は目で王に了解の旨を告げると気持ちを落ち着けた。そしてもう一度先ほどの札を伸ばす仕草をして、王に一礼した。

そして「ハイ」と短く叫ぶや、岡林は王に向かって側転から高々とジャンプした。その高さはゆうに二メートルを越えていた。一同が唖然とした瞬間、王が掲げる象牙の箸に向かって人民元の札が驚くほど早いスピードで振り下ろされた。

次の瞬間、岡林は緊張した表情の王の五十センチ手前に着地した。岡林は半歩下

がり、王に向かって優雅に一礼した。蒼白だった王の顔に赤みがさしたかと思った
そのとき、驚きの声が上がった。

「アイヤー！」

王が両手で掲げていた象牙の箸が真っ二つに割れていたのだ。数秒間、周囲は静けさに包まれた。それから、何が起こったのか分からず象牙の箸を見ようと身を乗り出した者たちが次々と叫び声をあげ始め、次第に大きな歓声へと変わった。大きな拍手が会場を包んだ。王は顔を真っ赤に紅潮させて大喜びで手を叩いている。岡林は慎ましく微笑み、太く大きな手を差し出した。王は興奮して握った手を何度も上下に振った。

再び大きな拍手と歓声が起こった。

「岡林先生に大変失礼なお願いをして、申し訳なく思っております。先生の中国武術は確かに極みの域にあることがはっきりわかりました」

王が感服して言うと、岡林は、

「まだまだですよ。師匠がこれを見たら私は厳しい指導を受けたかも知れません」

と頭を下げた。

「箸が割れる瞬間、私は箸と先生の目を同時に見たんです。先生の目は恐ろしいほ

ど輝いていました。党の幹部が時折見せる鋭い眼光を上回るほどです。私は一瞬、背筋が凍る思いがしました」

「威圧的な表情をしていたのでしょう。それもまた修行不足の表れですね。会社内でも時折上司に目つきが悪いと言われるんです」

会場は笑いに包まれた。

岡林が割った象牙の箸がテーブルの客の間に回された。割れた断面を見た客は皆一様にのけぞらんばかりに驚いている。たしかに割られたあとがあった。

「なぜ紙で象牙の箸を二本も同時に割ることができるのですか」

誰もが今目撃したことを、真実と思うことができないのだろう。質問が相次いだ。

すると陶器の壺に入った地酒が運ばれてきた。

岡林は王の了解を得て、もう一度パフォーマンスをすることにした。会場内の参加者全員が人垣をつくっている。

「では、この壺に指で穴をあけます。酒が入った壺ですから中身が飛び散る可能性があります」

まさか、という表情でギャラリーの中には眉をしかめる者もいた。

岡林は左手で壺を持ち、右手の人差し指を壺の中程に当てた。それからゆっくりと弓を引くような動作をして、大きく息を吐くと、次の瞬間、指で壺を突いた。指が壺に当たったのかどうか周囲の者には判断できなかった。だが、おもむろに岡林は壺にあいた穴から碗《わん》に酒を注ぎ始めたのだ。信じられない光景だった。たしかに壺には一センチほどの穴があき、他の面にはヒビの一つも入っていなかった。

静寂がどよめきに変わった。誰かが、

「ゴッドハンド!」

と叫んだ途端、大きな拍手と歓声が沸き起こった。岡林はその時点ですっかり会の主役となっていた。折れた象牙の箸と穴のあいた壺は、深圳市経済特区で大切に保存されることがすぐに決まった。

「この目で見たのに、まだ本当と思えない。すごいわね」

盛大な拍手を送るギャラリーの中に、ブルーのチャイナドレスを着た榊冴子がいた。彼女は経団連職員の肩書で、香港国際空港に到着した一団に混じって潜入を果たしていた。

冴子のチャイナドレス姿は艶《なま》めかしかった。深いスリットからのぞく足を見ようと、男たちは何度も視線を送った。チャイナドレスは冴子のS字ラインの体をくっきりと浮き立たせ、詰まった首元が余計に妄想をかきたてた。彼女のやや鼻にかかった、甘えたような声だけでも性的興奮を覚える男はいるだろう。

冴子も得意の北京語と広東語を巧みに操り、中国要人との会話を楽しんだ。

岡林と呼ばれた男のことを、冴子は知っていた。

――彼、元警察キャリアだわ。間違いない。すごく優秀だったらしいけれど、何年か前に退官した人よ。

「どうして彼がここに来ているの？」

冴子は人垣の中にいた住井化学社長室長の永井に尋ねた。

「桐朋化学の社員さんですよ。何でも社長命で急遽参加することが決まったとか。桐朋化学さんも、ついに中国で工場建設を始めるのでしょうか。これほどのパフォーマンスを見せられると、桐朋さんも本気なんだろうと思わざるをえませんね。榊さんは岡林さんをご存じなんですか」

「ええ……民間に移られていたとは存じ上げませんでしたが」

「民間？」

冴子は一瞬余計なことを口走ってしまった自分を悔《く》やんだが、平然と言った。

「かつてはエリート官僚だったのよ、彼は」

冴子はどこへ行ってもその美貌で目立ってしまう。ある意味、エージェントとしては欠点であるとも言えた。だが今日は、自分の存在を岡林のパフォーマンスが巧くカモフラージュしてくれた気がして、冴子は内心感謝していた。

武術のパフォーマンスのおかげで、翌日からの岡林の情報収集は実に容易だった。

岡林は桐朋化学の社員として、水質のチェックと称し経済特区内の複数の工場で水の採取を行った。特区としても、本来ならば許可しない行為であったにもかかわらず、岡林の単独行動を許した。調査には多くの随行員や監視員が付いたが、彼らに武術の話題を向けると、みな嬉々《きき》として耳を傾けた。

——今日の視察にたいした意味はない。化学会社の社員らしく振舞っているまでだ。今回の目的は明日訪れる予定の場所だ。

岡林はそんなことを思いながら、武術の生徒のようになった取り巻きたちに優しく接した。

その翌日、岡林は短パン姿で中国きってのリゾート、海南島《かいなんとう》のビーチにいた。海南島はハワイとほぼ同緯度に位置し、その砂浜は白く美しい。歴代の中国共産党指導者の保養地としても知られている。その中でも三亜《さんあ》市の亜龍湾に面した海岸線には、シェラトン、マリオット、ザ・リッツ・カールトンといった外資系高級ホテルが並ぶ。

オメガ北京支局で見た衛星写真どおり、ホテル群の東側約二キロ地点に大きな桟橋が海に向かって突き出ていた。フリゲート艦が一隻停泊している。その手前には低層の建物があり、芝生を張った競技場が併設されている。まるで大学のキャンパスのようだ。

——これが軍事基地なのか。

建物の手前には、海岸線に沿って防護柵が立てられている。立ち入りはもちろん、この建物に接近することも禁じられているようだった。

岡林の行動は中国の公安（警察）当局にチェックされていた。どこの空港から、どの便に乗り、車でどれだけ走ったのか——公安は行く先々で岡林の動きを把握していた。とはいっても二十四時間、行動確認されていたわけではない。この程度のチェックは当然予想された。それはむしろレセプション会場で「先生」という立場を確立してしまった岡林を、党本部が要人と位置づけているということでもあった。監視というよりもむしろ警護の側面が強かったのだ。

岡林が宿泊先であるマリオットホテルに戻ると、三亜市の公安署長の郭《クオ》がホテルのロビーで待ちかねていた。

「先生、岡林先生！　公安署長の郭です」

その大声に岡林は一瞬眉をひそめたが郭は遠慮せず、

「三亜にいらっしゃる間は私がお側《そば》におります。何かあったら大変ですからね」

と言って強引に握手をして笑顔を振りまいた。

――この男を使ってもいいな。

今度は愛想よく笑顔で応じながら、岡林は心の中で思った。

「郭署長。三亜にはリフレッシュに来たんですよ。完全にオフを満喫するつもりです。どうかお気遣いないようお願いします」

恐縮するように岡林が言うと、郭も何度も頷いた。

「何かお役に立てることがあれば、ご遠慮なく仰ってください」

「ありがとうございます。それでしたら、お言葉に甘えたい件がありまして。次回こちらへはビジネスで伺う予定なのですが、そのときに……」

岡林は動き出した。

ミッションのための下調べを始めたのは岡林だけではなかった。

冴子もまた経団連の調査担当職員に扮して深圳で内偵を始めた。時任の分析によると、冴子が入手した覚せい剤のサンプルは、この特区内で再精製された確率が高かった。その後、地区内をはるか上空から撮影した衛星写真をつぶさに分析し、深圳市福田区内に軍の整備工場があることが判明した。整備工場内に潜入せよ、それがオメガ課長命である。

この日冴子は、彼女の監視員である深圳市経済特区幹部職員の孔明《コンミン》と共に、福田区内を回っていた。企業進出が可能な場所の選定という名目だった。経団連が手配した車に乗った二人は、いくつかの土地を見たあと、整備工場の近くに差し掛かった。

「あら、この工場はひときわ堅牢ですね」

冴子は社会科見学をする子供のような素直な声を上げた。

「ここは国営施設ですよ」

三メートルほどの高さがある二重の塀の上部には、三連の鉄条網が設置されていた。これに電流が通っているか、その他のセキュリティーが施されているかについては、テキント（technical intelligence）では判断することができなかった。

正門には常に四人の軍人が交代で立番警戒をしており、裏門にもまた、二人の軍人が警戒をしていることは事前に摑んでいた。

車が整備工場の前を通り抜けようとしたとき、冴子は困った表情で言った。

「あの、どこかでお手洗いをお借りできないかしら」

孔明に命じられて運転手はブレーキを踏んだ。

「紳女史、中国で最も遅れているのが公衆トイレなんです。もう少し我慢いただけませんか？」

「ごめんなさい。昨日、調子に乗っておいしいお酒を飲み過ぎてしまったの。我慢できないわ」

冴子は恥ずかしそうに俯《うつむ》いた。レセプション会場で冴子のチャイナドレス姿を見た経済特区の職員たちは、さかんに彼女に酒を勧めた。中には冴子を酔い潰し連れて帰ろうと考えた男もいたかもしれない。

「ねえ、お願い……」

どんな男の前でも冴子のこの一言は威力を発揮した。今回も例外ではなかった。孔明と運転手は思わず顔を見合わせて無言で頷くと、運転手は工場の正門前に車を付けた。

「ちょっと車内でお待ちになってください」

孔明が車を降りて警備の軍人に交渉を始めた。すぐに上官らしき将校が現れると、孔明はあからさまに金を握らせた。そして孔明がこちらに向かって笑顔で手を挙げたので、冴子も嬉しそうに微笑んで手を振った。

車のまま工場内に入ることは許されなかったが、冴子一人、案内の者と建物内に入ることが認められたという。

戻ってきた孔明に冴子は唇が耳朶《じだ》に触れそうなぐらい近寄って囁いた。

「ありがとう。女性の気持ちをわかってくださる方こそ本当の紳士だわ」

孔明の体に緊張が走ったのか、こめかみにじんわりと汗が滲んだ。

冴子一人が車を降りた。先ほど孔明が交渉した将校が案内役だという。年齢は三十歳を越えたばかりだろうか、無表情な横顔には若きエリートの雰囲気があった。

手洗いは正門にはなく、工場の建物内まで歩くよう促された。

「今日も日差しが強いわね」

彼女はすかさず日傘をさした。あまり周囲を観察するような仕草ができないときはこれが役立つ。日傘の柄《え》には小型デジタルカメラが付いていた。

二人は建物内に入った。無機質な廊下に二人の足音が高く響いた。

「ご無理を言ってごめんなさい。女ってどうしても我慢ができなくなる時があるの。あなたみたいな素敵な軍人さんと一緒なら安心だわ。女の生理のことは、あなたのような人ならよくお判りでしょう」

将校は何も答えなかったが、ちらりと冴子の胸元に目をやったのが分かった。地味なベージュのパンツスーツを着た冴子だったが、シャツのボタンは三つ開けていた。

細い通路に入ると、将校は冴子に先を歩くよう目で合図した。自分の後ろ姿を舐め回すように視線がまとわりつくのを感じたので、腰をやや振るようにして歩いた。ぴったりとしたベージュのパンツは冴子のヒップの形の良さを際立たせた。

「ここを曲がった先にあります」

将校が手洗いの場所を示すと、冴子は恥じらいを含んだ笑顔を向けた。

「私、狭いところが苦手なの。一緒にいらっしゃる？」

将校は一気に赤面した。

「冗談を言ってごめんなさい。若くて素敵な将校さんだから」

周囲を見渡すと、通路の先で何人かの軍人が二人の行動を見ているようだった。

将校は「女子トイレの前で待っている」と言って、手洗いの入り口まで冴子を案内した。

冴子は手洗いに入ると、まず水のサンプルを採り、ハンドバッグ内からメガネケースの形をした機械を取り出した。大気中微分子検知器である。

手洗いの窓からは建物の裏側を見渡すことができたので、ここでもカメラ撮影を入念に行った。最後にディオールのオードトワレを軽く耳元に吹きかけると、パンツのポケットに小型カメラを忍ばせて手洗いを出た。

「お待たせしました」

冴子は将校の右手を握るようにして十元を渡した。将校は反射的に握り返してきたので、冴子は視線を合わせようと将校の顔を覗き込もうとしたが、彼の視線はすでに冴子のバストの谷間に注がれていた。冴子は微笑んだ。

「失礼ですが、あなたの階級は何ですか」

将校は誇らしげに答えた。

「少佐です」

「その若さで立派ですね。ところで、ここは何の工場でしょうか？　軍人さんが警戒をされているということは、本来私のような者が入ることはできない施設だったのではないですか。今になって改めて申し訳ないと感じています」

「あなたは国の大事なお客様である、と特区の役人から聞きました。自然の摂理には誰しも逆らうことができません。私もそうです」

顔を赤くした将校は、冴子の気を引こうとしたのかこっそり呟《つぶや》いた。

「ここはただの整備工場ではありません。特区の中で最も金を稼ぐ工場なのです」

冴子は一瞬驚いた素振りを見せたあと、かかとを上げて将校の耳元に口を寄せた。

「ねえ、それって中国で一番っていうことでしょ」

将校が生唾を呑んだ。

「深圳以外にも大規模な工場はいくらでもありますが、規模と売上と利益率を勘案すると、確かに中国で一番でしょう」

冴子は周囲を確認すると、将校の太ももにそっと手を這《は》わせた。

「素晴らしい。きっと、中国の明日を支える技術をお持ちなんでしょうね」

将校の手が太ももに触れた冴子の手を包んだ。そして伏し目がちに言った。

「国民のためにはならないだろうけど、軍の資金を稼ぐためには必要なのです」

「軍が資金を必要としているのは当然のことよ。漢方薬でも造っているの？」

「もっとエキサイティングな薬ですよ」

将校の目は冷たかった。

「私が使っても？」

「決してお勧めできないけれど、もしご希望ならば私が直接手ほどき致しましょう。二人だけで会う機会があればね」

正門が近づいてきた。冴子はもう一度手を差し出すと、指を絡ませるように長い握手をした。

「謝謝您《シェイシエニン》」

＊

「今日はいい収穫があったわ」

「おう、特区に潜ってたんだってな」

現地で情報収集を担当している同僚の土田《つちだ》正隆《まさたか》が言った。

「ちょっとこれを見て」

オメガの香港分室に帰った冴子は、ジャケットをぬぎシャツの袖を捲《まく》りあげると、パソコンに向かった。冴子は工場内で秘匿に撮影した画像や動画をパソコン画面に表示させた。幸いなことに動画の中には工場内の案内図が映っていた。

「先週、この工場を人民解放軍の幹部が訪れているな。この地図はおそらくその際の案内用に急遽《きゅうきょ》作成されたものだと思うよ」

土田は、警視庁公安部外事第二課から警察庁に出向し、オメガの捜査官に身分替えしたノンキャリだった。階級は警部である。公安部時代に中国班の班長を務めただけあり、北京語も広東語もネイティブ並みに操った。容貌は、三十五歳にしては丸みのある童顔で、張り出した額が中国の子供のような愛嬌を感じさせた。まだ独身で女性から可愛がられた。土田のえくぼを浮かべた顔を見ると、誰もが気を許してしまうのだった。

パソコン画面から顔をあげて冴子は聞いた。

「人民解放軍の幹部というと、陸軍かしら」

「そう、陸軍は自給自足だ。自分の部隊の運営費は自らの手で稼がなければならない。この部隊のトップは常に党中央軍事委員会の重要なポストを約束されているんだ」

冴子は怪訝な顔をした。

「重要なポストに就くことを約束された人が、どうしてそんな危ない橋を渡らなければならないの」

　土田はソファーに深く体を沈めた。

「権力闘争には、利権とデカい金が必要なんだよ。腐りきった共産主義の裏事情はどこも同じさ。特に軍隊は、食糧こそ一般の上級公務員よりは優先的に配給されるけれど、給料は決して高くない。そこで部隊ごとに独自の裏金作りがマストなんだ」

「賄賂《わいろ》のために？」

　冴子が聞くと、土田は頷いた。

「この国は拝金主義を否定しない共産主義の末期的段階に来ている。いたるところで、その綻《ほころ》びが出てきているよな。共産党幹部はそれを意地でも取り締まろうとしているけれど、自分たちも金に恃《たの》んで出世を果たしたわけで、拝金主義の是正などできやしないよ」

「末期的段階って、中国共産党は崩壊するの？」

「そう遠くない時期じゃないかな。きっと地方から怒濤《どとう》のうねりが巻き起こるよ」

　土田は冴子よりも年上である。だが本来ならば、警察という階級社会の中で、キャリアに敬語を使わないノンキャリなど存在しない。しかしオメガ諜報官の杉山は、捜査官《エージェント》に階級は必要ないと教えてきた。そのためオメガのチーム内では、捜査官同士がくだけた口調で話すことが多かった。

冴子はパソコンから離れると土田の前に座った。顔に似合わず、舌鋒《ぜっぽう》鋭い土田の意見をもう少し聞いてみたいと思った。

「中国の経済は安定して伸びているけど、それにも翳《かげ》りが出てくるのかしら」

「すでに停滞期に入っているよ。共産党員の連中は裕福になってきたが、この豊かさが一般国民に波及することはないだろう。そこに共産主義の大きな問題が潜んでいる。中国共産党は大きくなり過ぎた。大陸内部に住む貧しい国民の多くは一生海を見ることなく死んでいく。彼らが香港の富裕層の暮らしを見たらどう思うか、想像できるか？　スラム街に捨てられた子供も、タワーマンションで夜景を楽しんでいる金持ちも、同じ中国人なんだよ。ユートピア、平等を教え込まれた哀れな国民が、急速な情報化の中で、現実に目覚めるのは時間の問題だと思うんだ」

土田はオメガ北京支局に長くいただけあって、中国という国に対する考え方に実感がこもっていた。

「そうなるよう、土田さんは唆《そそのか》しているのね」

「それはご想像におまかせするよ。泥棒国家に獅子身中の虫が育つのも滑稽でいいじゃないか。僕はこの国家に、小さな小さな蟻の一穴を開けたい。千丈の堤も蟻の一穴より崩れるって言うだろう」

屈託なく笑う土田が何を考えているのか、冴子はいぶかしく思った。

「発覚したら国際問題よ」

冴子は眉をひそめたものの、中国での諜報活動における土田の信念がわかるような気がした。中国は大切な隣国ではあるが、やはり共産主義国家なのだ。ヨーロッパの共産主義国家がソ連の崩壊とともに資本主義に転じたように、中国もスムーズに資本主義へ移行することを冴子は願っていた。それを見透かすかのように土田は言った。

「でも尖閣諸島、竹島、北方領土と領土問題の一つさえ解決できない今の政治なんぞ信用できないな。そのうち、日本にも強力なリーダーが登場するだろう。その時に照準を合わせて僕は動くよ」

「何年先になるのかしら。ところで、経済特区の秘密工場の件なんだけど、そこから運び出されるブツのルートを確認したいの。何か名案はあるかしら」

「それにはまず、〝入り〟を正確に摑まないとな」

土田の指摘は明快だった。「入り」、つまり北朝鮮から運び込まれる薬物の量を把握しなければならない。

「どうやって」

「少し考えてみるよ」

冴子は思考をめぐらせながら、阿里山《ありさん》烏龍茶を淹《い》れにキッチンへ立った。小さなナイフとフォークで月餅を半分に切ると、中から栗と松の実がこぼれた。

第二章　天命

榊冴子は幼少時より自分は将来「女スパイ」になるのだと、漠然と思っていた。子供のころ観たスパイ映画の影響なのか、世界各国を飛び回る商社マンの父の影響なのか分からなかったが、周りの子供たちが宇宙飛行士やサッカー選手に憧れるのと同じように、冴子は諜報員《エージェント》として活躍する自分を夢見ていた。

中学に入ると、冴子は早くも女性らしい美しさを備え始めた。茶色の思慮深い瞳と光が当たると栗色に見える髪は、エキゾチックな華やかさがあった。十代も半ばになると、ほっそりとした手足には不釣り合いなほど、バストが膨らみ恥ずかしい思いもした。成績はいつもクラスでトップだった。そんな何もかもが優れた生徒は一種近寄りがたい雰囲気を持ってしまう。冴子は仲間と一緒にいるよりも、ひとり図書館で本を読む時間を好んだ。

彼女が初めて恋愛というものを経験したのは、十代最後の夏である。相手は同じ東京大学の医学部に通う都内でも有数の個人病院の御曹司だった。育ちの良さを全身から醸し出した人のいい明るい男で、冴子の知的な面に惚れたと口説かれた。

二人は男の愛車、ハーレー・ダビッドソンに跨ってどこへでも繰り出した。「ポルシェもフェラーリもランボルギーニも、日本の公道を走るための車じゃないんだ」と男はよく言った。昼間の楽しいデートが終わり家に戻ると、男は夜を徹して繰り返し冴子を愛おしんだ。なぜ男がこれほどまでに自分に溺れるのか、冴子には理解できなかった。

冴子が大学四年になるまで、このビッグカップルの蜜月は続いた。男は医学部を卒業すると、アメリカでさらに高度な医療技術を学びたいと告白した。そして、冴子に一緒に海を渡ってほしいとプロポーズした。

これまで二人は将来の夢についてよく語り合ってきた。冴子は、非現実的で子供じみていると思われないか不安に思いながら、諜報という世界への想いを隠さず話していた。男はいつも頷きながら、「冴子なら何にだってなれる。好きな道に向かえばいい」と言った。

プロポーズされたのは、冴子が国家I種試験に合格した矢先のことだった。冴子は迷わず警察庁への入庁を希望するつもりだった。

「いま、アメリカなんて行けない。私の夢のことは知っているはずでしょう」

男は公僕という言葉を使って、冴子を説得しようとした。

「冴子は俺のもので、公《おおやけ》の僕《しもべ》なんかじゃない。そんな女になるなよ」

頑《かたく》なな男に向かって冴子は言い放った。

「あなたのことが好きだけど、私は誰のものでもないわ。私には私の世界と人生があるの」

医学部を卒業後、イェール大学大学院でドクターの資格を取ると意気込んで、男はひとり渡米した。しかし、その希望は叶わなかった。入学前の八月に、彼は死んだ。二百五十キロを超えるスピードで、新車のランボルギーニでフリーウェー疾走中に事故を起こしたのだった。

冴子は警察大学校在学中に友人からその訃報を聞かされた。しかも、それはただの事故死ではなかった。男はマリファナを吸いながら、ハイウェーパトロールの追跡を受けていたというのだ。

冴子は深く傷ついた。

それから、何人ものボーイフレンドをつくったが、ひとりとして心休まる相手にはめぐり合えないでいる。

――私って男運がないのかしら、男を見る目がないのかしら。

そう問うてみると、自分はその両方であるように思えてならなかった。

警察庁に入庁した冴子は警備局外事情報部に配属となった。キャリアの新米警部補の誕生である。警備局で情報を扱う際の基礎を学んだ。冴子にとって恋愛以上の興奮を与えてくれるのが、インテリジェンスという分野だった。

上司は、冴子には情報にたずさわる捜査官として最高の資質があると言って褒《ほ》め、冴子を高く評価した。インテリジェンスというのは、頭さえよければ勤まる仕事では決してない。一人の人間が自分の持てる限りの能力をすべて出して、体当たりで臨む言わば総合格闘技である。知性、顔だち、プロポーション、タフネス……自分の資質を全部投入してできる仕事こそ、自分の天職なのではないかと冴子は思った。

冴子は、警部補時代に警視庁勤務も経験した。警察庁警備局と警視庁公安部公安総務課を併任する辞令が言い渡されたのだ。

公安部は、冴子に恐ろしくも最高に刺激的な生きた情報の世界を見せた。

冴子が公安総務課に着任して二ヵ月が過ぎた頃だった。公総課長の夏木《なつき》が冴子を自席に呼んだ。

「榊、本来ならば君が知らなくてもいい部門なんだがね。笹川《ささがわ》公安部長が君にもっと経験を積ませたいと仰るのでな。総監、副総監と相談したうえで、君を連れて行くことになった」

「私などの処遇について総監にご相談ですか？」

若いキャリアの配属先をめぐって、総監にまで話が上がるとは信じられなかった。

「組織上、公安総務課にある部門ではあるんだ。ただし実質的には総監直轄組織と考えていい」

総監直轄という謎めいた言葉に、冴子の心臓は早鳴りした。気持ちを落ち着けようと静かに夏木の次の言葉を待った。

「この部門の存在を、君はまだ聞いたこともないだろう」

「情報に関わる部署なのでしょうか」

「今にわかる」

夏木はそう言うと、一緒に来るよう先を歩き始めた。

警視庁本部に隣接する警察総合庁舎の地下二階、三階フロアは建物の案内図には載っていない。この階に下りるには、地下一階にある二基の専用エレベーターを使用しなければならなかった。

エレベーターに乗り込むのにすら、セキュリティーチェックをされる。迷路のような通路を通ってある部屋にたどりつくと、夏木と冴子はガラス扉の中に通された。

「夏木課長、理事官は自室でお待ちです」

係員が声を掛けに来た。

「今、大丈夫だったかな」

「先ほど総監室から戻られたばかりなので大丈夫です」

さらに、係員は冴子の姿を認めて、

「榊捜査官ようこそ」

と明るく言った。冴子は会釈を返しながらも声は掛けなかった。

しばらくすると理事官らしい男が出迎えに現れた。

「榊冴子さんですね」

男は夏木にアイコンタクトを送り軽く頭を下げると、名刺を差し出した。冴子はまずその肩書、つまり役職を確認した。「警視庁公安部理事官　特殊犯罪対策室長」と記されていた。階級は警視、男の年齢を考えればノンキャリということか。

冴子はノンキャリが室長をやっている部署があることに驚いた。

「室長の黒谷《くろや》です」

――特殊犯罪対策室長の黒谷さん……。

冴子は以前どこかで聞いたことがある名前だと思い記憶を辿ったが、思い出せなかった。夏木が口を挟んだ。

「榊も一度は耳にしたことがあるだろう。ここが警視庁が誇る特殊秘密部隊、通称『ヒゲ』の隠れ家だよ」

黒谷は声を上げて笑った。そして冴子に向かって言った。

「この隠れ家では、情報収集とその分析をメインに、科学捜査、特殊捜査をやっています」

ということは、この黒谷という男がトップ情報マンということになる。

「特殊犯罪対策室の存在は公になっているのですか」

「知らなくていい人に、わざわざ知らせる必要はありません」

そこに黒谷のデスクの電話が鳴った。

「失礼。国際電話のようです」

電話相手と歯切れの良いブリティッシュイングリッシュで話す黒谷の立ち姿は逞

しく、オーソドックスな濃紺のジャケットに、ブルーとモスグリーンのネクタイがよく似合うと冴子は思った。あまり警察官らしくない、さばけた印象の男だ。

──それにしても『ヒゲ』ってなにかしら。

電話口から、時折、中国の情報機関やモサドといった言葉が聞こえた。次第に冴子は興奮を隠しきれなくなった。憧れの諜報の世界にまた一歩近づいたような気がしてならなかったのだ。

「やはり中国の動きがおかしいですね」

受話器を置いた黒谷が小さな応接セットに戻ってくるなり、夏木に言った。

「総監も気にしているようだからね、対中国に関しては」

「総監は次期内閣危機管理監が有力視されていますから、今のうちに情報を取っておきたいのだと思います」

二人の会話は、国家を動かすキャリア同士のようだった。すると黒谷が冴子に向き直って真顔で切り出した。

「榊さん、ここで仕事をしてみませんか」

冴子は緊張して答えた。

「それは……」

冴子の言葉にかぶせるようにして夏木が口を挟んだ。

「榊はうちと察庁の身分を併せ持っているので、人事については警視庁人事第一課長と、警察庁人事総括企画官の了承を取り付けなければならない。いずれにしても、榊の希望しないセクションに異動しても何のためにもならないし、組織のためにもならん。だから、まず君の意思を確認したまでだ」

「興味があります。恐らく、全国どこの警察本部に行っても経験できないことでしょうから」

冴子はそう言うと大きく深呼吸した。

それを聞いた夏木は満足げに頷いた。黒谷も同じように頷いていた。

冴子は実質的に、その日から特殊犯罪対策室勤務となっていた。職務については、黒谷から説明を受けた。中国情勢とこれに関わる日本企業、政治家を注視しながら、様々な対日有害活動を阻止する役目だという。闘志が湧いてくるのを感じた。

すぐに冴子は北京語と広東語の猛勉強を始めた。警察大学校内に設置された語学教室は想像以上に充実していた。先輩たちからは、中国大使館関係者や中国企業、さらには有名中国料理店とも、身分を偽って接点を持つことを教わった。

彼女は公安部で二年間勤務した。その間に検挙した事件は大きなもので四件あり、逮捕者は国会議員を含めて三十人を超えていた。

冴子は着実に捜査官として成長していった。

＊

香港分室では、土田と時任は時間があると冴子の公安部時代の話を聞きたがった。土田にとっては自分の古巣でもあり、知った仲間の名前が出てくるたびに懐かしそうに笑った。

「冴子さんは『ヒゲ』にいたんだってね」

土田は冴子の表情を窺《うかが》っていた。

「どこで聞いてきたの？」

分室内の時計は夜の十時を示している。三人とも缶ビールをあけながら、残業の疲れを癒していた。

「古巣とはいまだに付き合いがあるからね。結構すごいこと、やったらしいじゃない」

「特殊犯罪対策室にいかなければ、今の私はなかったと思う。厳しかったし、怖い思いもしたけど、あのメンバーはみなプロだったわ」

つけっぱなしのテレビからは、香港のポップスが流れて来る。

「そりゃそうでしょう。まず公安講習で優等賞を取って、その中から警察庁の情報専科に行って、さらに訓練を受けた中から年に二、三人しか採ってくれないんだからな。僕は一度もお声がかからなかったけど」

土田は肩をすくめた。

「そんなに厳しいところだったの？」

冴子は不思議そうに言った。

「冴子さんに聞くまで『ヒゲ』なんて存在すら知らなかった」

時任はブツブツこぼした。

「私だってあの組織の全貌はいまだに分からないわよ」

土田も頷いた。一缶目のビールを喉に流し終えると、時任は言った。

「なんだ、二人とも元公安で、僕だけ仲間外れか」

ふてくされた時任の肩をたたくと、土田は冴子に促した。

「また何か一つ、『ヒゲ』時代の面白い話を聞かせてくれよ。睡眠導入剤代わりになるから」

「ふん、もっと飲んでエンジンをふかさないと無理ね」

時任がソファーを離れると、ビールケースをかかえて戻ってきた。三人は夜更けまで語り合った。

午前一時を過ぎたころ、冴子はホテルに戻った。

ザ・ペニンシュラ香港は冴子にとって心休まる常宿だった。宿泊する部屋は香港に来てからずっと同じだ。時折、ダブルルームをシングルユースすることに、寂しさを覚えることもあった。

「なんでこんな素敵な部屋に、ひとりぼっちなの！」

酔って癇癪《かんしゃく》を起こした。ミニバーに置いてある強い酒でも開けたくなる。

香港には世界の名だたるホテルが顔をそろえていた。次にボーイフレンドができたら、記念日にはペニンシュラタワー二十七階のグランドデラックス・カオルーンビュールームに宿泊しよう、と冴子は心に誓っていた。そこから見下ろす九龍半島側の香港市街地の景色は、昼も夜も息を呑む美しさなのだ。特に百万ドルともいわれる夜景をたった一人で眺めることほど、この世で辛いことはないと思えた。

――いい人、いないかなあ。

すっかり年頃の女性に戻った冴子は、そんなことを考えながら広い浴室に向かった。バスタブにぬるめのお湯をはると、足先からそっと入った。冴子は香りのよいバスソルトを何種類も用意して、気分によって使い分けている。今夜はリラックスできるラベンダー色のお湯を楽しむことにした。浴室の扉は開け放っている。そうすることで、乾燥しがちなホテルルームが過ごしやすくなるのだ。ボディケアも念入りだった。何せ〝体が資本〟なのだ。

こうして小一時間かけて入るバスタイムが、冴子にとって唯一の安らぎの時間と言ってよかった。

入浴を終えてバスローブを羽織った冴子は、しばらく窓から遠くに見える山々を眺めていた。そしてローブをとって下着もつけずに冷たいシーツの間に体を滑り込ませると、冴子の思考回路は仕事に行きつくのが常だった。

すっかり眠気は覚めてしまった。ベッドの中で、オメガに誘われた時のことを思い出していた。いつ振り返っても幸せな気分を呼び起こさせる魔法の思い出だ。エージェントという長年の夢をわが手に摑んだ時の喜びが胸に到来し、また同時に冴子を初心に帰らせた。そして自分をさらに高めたいという意欲が湧いてくるのだった。

冴子はネオンの光でぼんやりと明るい天井の一点を見つめ続けた。

二年間の警視庁公安部勤務を終え、冴子は警察庁長官官房総務課へ戻った。階級は警部に昇格した。

キャリアは、行政官として部下を掌握し、体制の安定維持に努めることを常に求められる。それは責任の伴う重い仕事であることは間違いないのだが、本当に自分が望んでいる仕事なのかというと、冴子は素直に頷くことはできなかった。

冴子はあくまでも現場に出たかった。現場で自分を試すことに何よりもスリルを感じていた。『ヒゲ』で出会ったような職人気質の情報エキスパートたちと、共に戦っていたかった。優秀なノンキャリ・エリートから学ぶことが、自分には多々あると思っていた。

長官官房総務課では思うような仕事ができなかった。キャリアに囲まれ、国会議員を相手にレポートを上げる毎日が続くのだ。デスクにいる時間も増えた。横柄で無能な国会議員に頭を下げに行くと、二人きりの部屋でいやらしい言葉を聞かされることもあった。

「部長、あんまりです」

冴子は自分と入れ違いに警視庁公安部長に就いた森田《もりた》を訪ねていた。森田は入庁以来、何かと冴子に目をかけてくれる兄貴分のような存在だった。

公安部長室で自らコーヒーを淹《い》れると、森田は冴子に勧めた。

「出世しなくてもいいのか？　そりゃあ、黙っていても一度や二度は本部長クラスにはなるだろうが、キャリアの目標である局長やその上となるとそうはいかないぞ。お前の実力から行けば、警察庁初の女性局長も夢じゃないんだ」

冴子は熱いコーヒーカップを掌《てのひら》で包んで俯いた。

「私は行政官には向いていないのかも知れません。確かにキャリアという資格があったからこそ、ここまで第一線で働くチャンスを与えられたと思っています。でも……」

「どうした」

冴子は口ごもった。自分の中でもはっきりと判断ができないからこそ、こうして森田に相談しているのだ。

「……今後は事務方業務と人事の管理ばかりかと思うと、気が重いんです」

森田は微笑んだ。

「榊。お前、現場に惚れたな」

「えっ?」

現場という言葉にこだわってきた冴子にとって、まさに図星だった。

「お前は今の仕事が物足りないのだろう?」

「『ヒゲ』ではキャリア、ノンキャリを問わず、情報のエキスパートたちに混じって勉強させてもらいました。ああいう職場に未練がないわけはありません」

すると森田は神妙な顔つきになって言った。

「榊がそれほど情報に関わりたいというのなら、面白いセクションがあるにはある」

森田の遠回しな言い方を不思議に思いながら冴子は尋ねた。

「興味があります。ですが、察庁内にそんな組織はありませんよね。出向ですか?」

質問には答えず森田は言った。

「明日、もう一度ここへ来てくれるかな」

翌日、冴子は森田に直接告げられた訪問先に向かった。首相官邸裏にある古いビルだ。周囲を機動隊員が警備しているのが分かったが、特殊な建物には見えない。
エントランス脇には電話機が置かれていたが、他に何の案内もなかった。奥には
エレベーターがあるのみである。
「あの――」
とりあえず冴子は受話器を取ってみた。すぐに女性の声が聞こえた。
「榊警部、お待ちしておりました。四番エレベーターにどうぞ」
冴子が受話器を置くと、手前から四番目のエレベーターのライトが点灯し、扉が
開いた。
エレベーター内に入った冴子は左右を見まわした。階を指定するボタンが見当た
らない。そうこうしているうちに扉は自動的に閉まり、ゆっくりと上昇し始めた。
エレベーター内には二台の監視カメラが付いているのが分かった。どこに連れてい
かれるのか不安だったが身を任せるしかない。
エレベーターが止まった。そこが何階であるかは分からなかったが外に出た。
「榊警部ですね」
係員とおぼしき男に呼ばれると、目の前の扉の脇で三重のセキュリティーチェッ
クを受けた。

その先は意外と広い通路だった。ビルの外観とは打って変って今風のオフィスと見紛うような雰囲気だ。

ある部屋の前で係員らしき男がチャイムを押した。冴子の名前を告げると、中に入るよう促された。

「はじめまして、押小路です。そこに掛けて」

冴子を見上げるようにして小柄な男は言い、愛想よく笑った。この男の役職や階級は何だろう。全く想像が付かなかった。人懐っこい笑顔の裏には、計算高さがあるようにも思えた。

「森田公安部長からどの程度聞いているのかな」

「ほとんど何も伺っておりません」

冴子が正直に言うと、押小路は小さく頷いた。

「では改めて。私は長官官房課報課課長の押小路尚昌。警視監だ」

——課報課!?

冴子の胸がざわめいた。まさかそれほどストレートな名前の部署がこの国の警察機構に存在しているとは夢にも思わなかった。狐につままれたような気持ちで、押小路を見つめた。緊張感で口の中が乾いていく。

「どれだけ本気にしていいのかわからないのだろう。無理もない」

冴子はあいまいに微笑んだ。

「榊君は情報の現場が好きなんだって?」

押小路は柔らかい表情で尋ねた。

「はい、心からやりがいを感じていました。若輩の身で申し上げるのは恐縮ですが、自分にとって天職ではないかと」

冴子がありのままの思いを伝えると、押小路は嬉しそうに目尻に皺を寄せた。

「天職か、そこまで言い切れるのは立派だ。頼もしいよ。公安部の『ヒゲ』ではいい仕事をしてきたようだね。だから今君はここにいる」

そう言い終えると、押小路の表情は鋭くなった。

「ここは諜報課だ。情報の世界から、もう一歩踏み込んだところだよ。ここではあらゆることが行われている。あらゆることだ。それが何を指すのかは君の想像に任せるが、その想像を超えたことに、君はこれから着手しなければならない。断言しておこう」

冴子は自分の頬が強張っていくのが分かった。心臓が激しく音を立てている。

「ここの職務内容は国家間の諜報活動で、君にはエージェントとして仕事をしてもらいたいんだ。『ヒゲ』で培ったテクニックだけでは世界を相手にはできない。これから特殊訓練も受けてもらう。捜査官としてすばらしい資質を持っている君なら問題なくこなせるだろう。センスもあるようだしな。ただ諜報は極めて優れた者同士の、技の掛け合いのようなものだ。一瞬の油断が、自分の命だけでなく、国家の命運すら揺るがすことになる」

唇をきつく結んだ冴子は頷いた。

「女性諜報員は極めて少ない。ハードな現場だからな。だが、女性だからこそできる諜報活動というものもある」

冴子の目を正面から見据えて押小路が言った。強い目線だった。冴子に覚悟ができたかと無言で問うているように見えた。

「警察官を、その中でも情報、諜報分野を志した以上、危険は覚悟しております」

冴子は視線を外さずに答えた。押小路は黙って見返した。

「諜報課で一流のエージェントになってくれ」

緊張した空気が流れた。

「ここでの任務に懸けてみたいと思います」

押小路は少し表情を緩めると言った。

「そうか。その言葉を胸にしっかり刻んでおけ。早速だが——榊君、来月ドバイへ行ってほしい」

冴子がエージェントとして記念すべき第一歩を踏み出す瞬間だった。胸の鼓動は一層激しさを増していく。この時の光景ははっきりと脳裏に焼き付き、一生忘れることはないだろうと冴子は思った。

——どこへだって行くわ。本物の「女スパイ」になるためなら。

諜報活動とは政治、治安、経済、軍事などの幅広い分野で、相手国や対象組織の情報を収集するものである。その中で時に非合法手段を用いて情報収集する者が「スパイ」または「エージェント」と呼ばれている（敵側を「スパイ」、味方側を「ケースオフィサー」と区別することもある）。これまで日本では、彼らは「間諜」「密偵」「草」「工作員」などと言われてきた。

諜報を英語でいうと「インテリジェンス（intelligence）」だ。その語意は、inter「行間」をlego「読む」である。エージェントは端緒情報を掴み、分析し、時にはディフェンス、いわば防諜まで個々の判断で瞬時に行わなければならない。

防諜に際しても、破壊活動、謀略活動を伴うことがある。破壊活動、謀略活動の中で、人間にとって最大の保護法益を犯すのが殺人行為だ。殺人は、破壊活動を余儀なくされれば結果として起こりえる。エージェントはしばしば自国を守るために、人命を犠牲にすることが避けられない場面に出くわす。それが現実だ。

押小路は具体的なミッションについて話し始めた。

「ドバイで来月、武器商人たちが秘密裏に商談会を開くらしい。端緒情報は、マカオのカジノだ。うちのオメガ、諜報課のことをわれわれは『オメガ』と呼ぶんだが、香港分室のエージェントがＣＩＡから仕入れてきた情報だ。カジノで一日に億単位の金を使うアメリカの武器富豪も参加予定のようだ」

全身を耳にして冴子は聞いていた。

「私は『オメガ』の中東担当ということでしょうか」

「いや、まだ君の配属は正式には決まっていない。今回の結果次第と思ってくれ。プレッシャーをかけるわけではないがね」

紳士的な優しさのある押小路である。

「分かりました。では、まずはドバイの商談会を偵察すればよいのですね」

冴子はまだ見たことのない、ドバイの超高層タワーを想像していた。

「どうやら、アラブの某国が何かデカい買い物をしようとしているらしい。それが何か……」

「ターゲットを捕まえて吐かせます」

「そういうことだ」

押小路は指をパチンとならした。

こうして冴子の警察庁長官官房諜報課への異動は決まり、階級は警視となった。

その翌日から、朝も夜もない厳しい特殊訓練に明け暮れる日々が幕を開けた。


数週間後、冴子の姿はドバイにあった。マロンブラウンの蔓《つる》が美しい大きなサングラスをかけ白いカプリパンツ姿で現地に入ると、商談会が開かれると聞いたホテルの下見を始めた。部屋の数やバンケットルームの位置、エントランスの数や非常口の場所を正確に把握し、当日に備えた。

商談会の会場へ冴子は紫色のチャイナドレスで臨んだ。メイクは外国人が好むような、やや濃いブルーグレーのアイシャドーに落ち着いたベージュのチークをつけた。頬と同色系のリップをつけると、エキゾチックな顔立ちが一層際立った。会場には、富豪たちの連れなのか、各国の美女が際どい服装で行き来していた。モデルのようなブロンドや、十代と思しきセクシーな少女の姿もある。

ターゲットの白人の男に接近するチャンスを窺いながら、冴子は優雅に振舞っていた。

「ハニー、君は中国人かな？　さっきから何度か目があったね」

「あなたが素敵だったから、つい眺めてしまったの。私はスイス人よ」

冴子はパスポートを見せた。

「僕も美しい君のことが気になっていてね。スイスは大事なお客さんだ。上のバーで一杯お付き合いしてくれないか」

男の英語は独特のイントネーションだった。

「あなた、ハーバードね。知的な人だわ」

「よくわかったね。君もそうなのか」

「ううん、父と同じ発音だったから」

二人はホテルのバーに向かった。五十二階にあるバーからの景色は絶景であるはずだったが、冴子は外をちらりとも見ず、男との会話に集中していた。

「僕はウォッカマティーニをシェイクで」

「００７《ダブルオーセブン》みたいね」

冴子はそう言ってしまってからやや後悔したが、何かを悟られる前に注文を入れた。

「私はマティーニをグラスリンスでお願い」

「君、相当強いだろう」

男は冴子を見てウィンクすると、遠慮もなくその体に視線を這わせた。

会話は弾み、ドバイのリゾートの話で二人は盛り上がった。三十分も経っていなかったが、それぞれグラスは三杯目に入っていた。

男の目が次第に赤く充血し潤《うる》んできた。さかんに目頭をこすっている。冴子は男の二杯目のグラスに、少量のスピリタスと睡眠導入剤を密かに加えていた。冷静に男の様子を観察していたが、男の手が冴子の太ももをまさぐり始めると言った。

「そろそろあなたのお部屋に行く？」

すると瞼《まぶた》が落ちそうになっていた男は急に威勢よく椅子を引いて立ち上がった。ルームキーでチェックを済ませると、男は冴子の腰に手を回した。

「すごい部屋なんだ。驚くよ」

部屋の前に着くころには、男は冴子に支えられなければ歩くこともできなかった。

男の部屋はホテルの最上階で二百平米ほどのスイートルームである。部屋の電気を消したまま、冴子は乱れたベッドの上に男を引きずっていった。そして深いスリットから足を出し、ハイヒールのまま男の上に跨《また》った。男はすでに目をあけていられない。意識は途切れようとしていた。

「さあ、あなたはこれから私に何でも正直に話すわ」

催眠術のような誘導尋問が始まった。

「……オーケー」

「あなたは今日、どこに何を売ったの？」

「アラブの組織……に化学……プラントを売って……やった」

冴子は男の口元に耳を寄せ、聞き取りづらい英語を拾った。

「プラント？　化学兵器を造るプラントということね？」

「そこで兵器をつくるかどうか……は俺が……決めることじゃない」

「いつ工場はできるの？」

「すぐに大型船……」

「何？」

冴子は男の頰を抓《つね》った。

「船がアラビア湾に……入る。プラントの資材を積んで」

「あとは組み立てるだけなのね。数ヵ月で稼動できるってこと？」

「ああ……」

冴子はそのまま男を寝かせると、所持品検査を行い、男の指紋とＤＮＡを採取した。室内のセキュリティーボックスを開錠すると、今日交わしたと思われる数通の契約書が入っていた。

——金額は五億ドル。

これらすべてをカメラで撮影してから元通りに戻すと部屋を出た。当然自らの指紋は一切残さなかった。

すぐにオメガへデータを送信し、押小路から指示が入るのを待った。

翌朝、冴子の携帯電話が鳴った。押小路だった。

「榊の上げた情報は片岡長官と杉山諜報官に報告した。アラブの化学兵器プラントはいずれ破壊するしかない、という結論だ」

冴子は息を呑んだ。

「しかし化学兵器プラントを破壊するとなると、周辺住民を巻き込むことになります」

「いかに最小限に食い止めるかだ。アラブは単なる化学工場の事故として広報するしかなかろうが、できる限り民間人の犠牲者は減らしたい。プラントを破壊することが我が国にとって最も重大な任務だと考えてくれ」

押小路の声は抑揚がなく乾いていた。冴子は意見を述べた。

「まず、建設中のプラントで小さな火災を起こし、住民をいったん避難させてはどうでしょうか。その際に風評をまき散らすのです。ここで化学兵器が作られようとしていて、爆発すればみんな死んでしまう、と」

すると押小路は言った。

「それでは化学兵器プラントが、よそに移されてしまうおそれがあるな。それだけは阻止したいんだ。反政府勢力の力を借りてでも、移動はさせない」

課報課は、アメリカとイスラエルに対して化学兵器プラントに関する情報を提供していた。両国とも直ちにスパイ衛星で建設予定地と思われる場所を調査した。特にイスラエルは強い緊張感を示した。

「他国も動いているのでしょうか」

「CIAとモサドは極秘の協議を始めたようだ。彼らの様子も探らなければならないな。課報課は中東をチェックしているスパイ衛星のカメラを、化学兵器プラント建設予定地にロックして二十四時間態勢の監視を始めた。結果をまた伝える。以上だ」

二週間がたった。化学兵器プラントの工事は急ピッチで進み、間もなく完成する様子だった。そこへ北京支局のエージェントから思わぬ情報が寄せられた。この工場で造られる化学兵器が北朝鮮に輸出される契約がととのったというものだった。疑惑の裏が取れると、押小路は再び冴子に連絡を入れた。

「化学兵器が北に運び込まれてしまったら手遅れだ。万が一、北で化学兵器を使ったテロでも発生したら、その害毒がジェット気流に乗って日本にまき散らされることになる」

冴子は恐ろしい事実に生唾を呑みながら、上司の話を聞いた。

「北はアラブにミサイルを提供するつもりらしい。中国も、北にミサイルを作る道具を与えておいて、それが紛争中の国家に輸出されるのを黙って見ている。どうにかしてくれってもんだ。今の北は何をしでかすか全く読めない。まさに狂犬国家だからな」

携帯電話を握りながら冴子は尋ねた。

「ＣＩＡは、北朝鮮に関する情報をすでに掴んでいるのですか」

「おそらくまだだろう。長官は仰っていたよ。これまでだったら、アメリカＣＩＡ様にご注進していたところだろうが、今は北絡みの案件を六ヵ国協議の交渉道具にさせたくないとね」

六ヵ国協議では北朝鮮の核開発と大陸間弾道弾問題に加え、拉致問題まで含めて協議されていた。これ以上協議を複雑にしてはならないという、長官の政治的判断なのだろう。

「それでは、一足先に諜報課で処理するということでしょうか」

電話口で押小路の表情が緩むのがわかった。

「さすが榊は飲み込みがいい。長官も諜報官も了解済みだ。アメリカの衛星にもキャッチされずに、ピンポイントで化学兵器プラントを破壊しなければならない」

「しかし、ミサイルを飛ばすにしても、相当な仕掛けがいるのではないですか」

「超小型核を使う手だてを検討中だ」

「核？」

思わず聞き返した。冴子はそんな言葉を耳にするとは思ってもみなかったのだ。

「超小型核は栄養ドリンク一本分の大きさで、ナパーム弾十個相当の破壊力がある。核物質原料は、使用済み核燃料のリサイクル時に出てくるプルトニウムの精製濃縮過程で生まれたゴミをさらに精製したものだ。それを我が国の化学会社に極秘で造らせている。フランスのある場所でな」

「日本の原発で生まれたものなのですね」

「ああ、核物質の平和的再利用を検討中にね。さらにメタンハイドレート層で融合させれば大量採取が可能ではないかという仮説のもと、すでに実験も行われている」

「大爆発を引き起こすのではないですか」

「海水中ならば、地殻の上部が吹っ飛ぶくらいで、引火するおそれはない」

いくら諜報の世界とはいえ、核を使うという選択肢がありえるのかどうか、冴子にはわからなかった。すると押小路は言った。

「あくまでも核の平和的利用を研究する中で生まれたものだ。また日本国内には持ち込んでいないから、非核三原則にも抵触しない」

諜報課の外郭《がいかく》団体に、密かに新型武器の開発を行っている民間会社があった。この会社では極秘で武器の改良研究が行われていた。武器というより兵器と呼ぶにふさわしい、恐ろしい威力を備えた装置も試作されていたが、これを知る者はほとんどいなかった。

最近、この民間会社はレーザー銃を大幅に改良することに成功した。これまでのレーザー銃は、狙う距離を延ばすとポイントが広がってしまうという欠陥があった。それが距離を延ばしてもポイントを絞ったまま正確に目標を捉えることが可能となったのだ。これは画期的な技術革新だった。しかし、これを中国やロシアが知ってしまうと、すぐに軍事利用されてしまう。そのため、警察にごく近い研究者の間でしか知られていない技術革新だった。

「その超小型核をどう飛ばすのですか」

「ラジコンヘリを使う」

またもや意外なキーワードだった。

「えっ……無線は届くのでしょうか」

「ラジコンの周波数をレーザーにのせ、人工衛星を使って操作する。ラジコンヘリの燃料も核を使用するから、航続距離は約百キロだ。とはいってもそんなに長距離を飛ばせば目立つし怪しまれるから、二十キロ程度飛ばせればいい。そして最大高度五百メートルから、オートローテーションでヘリごと落とす。狙いはピンポイントで確実だ。ヘリにもカメラを取り付けて、周波数を変えたデジタル波で画像確認を続けながら慎重に落下させるんだ」

押小路はすでに、この超小型核を使った実験を何度もこなしているような口ぶりだった。すでに長官と課報官には報告されていた。

「榊、化学兵器プラントの場所は正確に把握できているな」

「はい」

「それでは、内部に協力者《タマ》を侵入させて、ターゲットの屋上に小型発信器を取り付けてくれ」

冴子は与えられたミッションを胸に刻むと、頭の中ですぐに策を講じ始めた。

「ラジコンヘリの操縦も榊に任せるぞ。決行日が決まったら連絡を入れる」

「わかりました」

冴子は特殊訓練でマスターした技術を早速実戦で使えることに興奮を覚えた。

ドバイでの待機を命じられた冴子は、少しでも快適にリラックスして過ごせるよう、ブルジュ・アル・アラブに部屋を取った。

ブルジュ・アル・アラブは、七つ星とも呼ばれる世界トップクラスの最高級ホテルで、「アラブタワー」と呼ばれていた。人工島に立つ三百二十一メートルの超高層ホテルだ。ギネスブックにも登録されているらしい。全室メゾネット式のスイートルームで、ガラス張りの一室からは信じられないほど美しい青い海が見えた。また、ドバイ沖合いに造られた世界で最も大きな人工島群「パーム・アイランド」を見下ろすこともできる。

──この人工島は、衛星からも確認できるのよね。この島のおかげでドバイの海岸線は約五百二十キロメートル長くなったとか。

遠くには「ザ・ワールド」という世界地図を模した三百以上の人工島群の一端も見えた。

ドバイは石油に依存しない国づくりを掲げて作られた観光都市だ。人工楽園の言葉に相応しい煌《きら》びやかな輝きをもった都市だが、イスラム教の国であるため女性は肌を隠す文化を持っていた。旅行者でも、ショートパンツやノースリーブを避け、できるだけ肌を露出しないよう心がけるのが礼儀である。ビーチでも同様だった。

冴子はホテルのプライベートビーチに繰り出した。お気に入りのサングラスをかけ、現地調達したつばの広い帽子をかぶると、パラソルの下でダウンテンポのラウンジミュージックを聴きながら目を細めた。時折、自分を取り巻くすべてが虚構なのではないかとの思いが頭をもたげたが、降り注ぐ眩《まばゆ》い日差しの中で、あれこれ思考を巡らせるのは野暮なことだとも感じた。

浮世離れした三日間のドバイの生活を終えた翌朝、スイス支局から連絡を受けた。聞けば気晴らしのレクリエーションへの誘いだという。砂漠のラリーに参加しないか、と聞かれ冴子は拍子抜けした。

それは日本製の大型四輪駆動車で砂漠を駆け回る遊びだった。慣れないうちは、ハンドルを取られて苦戦した冴子だったが、砂上でのハンドルの切り方やアクセルのふかし方のコツを覚えると、上り坂や下り坂をサンドバギーのように運転できるようになった。何もない砂漠をオメガの仲間たちと大声を上げながら疾走した。最高にエキサイティングだった。

当初、純粋な遊びと思っていた砂漠のロードも、どうやらそれが次の仕事を行う上で必要不可欠なトレーニングであることがわかってきた。実戦を自分なりに想像しながら取り組むと、おのずと集中力が高まった。エンストでも起こしてしまえば、死を覚悟しなければならなくなる。そう考えることは、極端でも悲観的でもなかった。いくらGPSを積んでいようと、ここは敵国内である。アクシデントがあってもそう簡単に救助の手は差し伸べられないだろう。最新鋭の車種だったが、エンジン系統はコンピューター制御のない古いタイプだった。あえてそんなエンジンが搭載されている訓練用の車なのだ。

驚いたことに、砂漠のロードはそれから三日間連続だった。何も聞かされていなかった冴子は、水も制限され、レトルト食品で空腹を埋めるほかないテント暮らしに音《ね》を上げそうになったほどだ。

——こんなことなら、もっとお酒でも飲んでおくんだった！

遊びという名の訓練が終了すると、冴子は再びドバイのホテルに戻った。唇の皮がひび割れ、全身粉が吹いたように乾燥していた冴子は、まずスパでリッチなボディトリートメントを受けた。そして、フレンチと中華の美食をワインと白酒で楽しむと、体と精神に生気が戻り、ほっと胸をなでおろした。次の行程は一週間との指示を受けていたからだ。

指定された日時にドバイの港に赴《おもむ》いた。

冴子の車、トヨタランドクルーザーの五五〇〇ccは、港の駐車場に置かれていた。ここから海路を経てチグリス川を上るのだ。停泊していた大型船舶に車ともども乗り込んだ。スエズ運河サイドならば地中海の絶景を拝めるだろうが、アラビア半島の北側は油田と砂しかない。

船はゆっくりと動き始めた。

チグリス川を上流へ向かう。まわりは見渡す限りの砂漠だ。それ以外に何もない。殺伐とした風景が続いた。冴子はメソポタミア文明がこの世から消滅した理由がわかるような気がした。色のない単調な空間にいると、ふと自分がどこへも向かっていないような錯覚を覚える。何かが麻痺してくるのだった。

ぼんやりと変わらぬ景色に視線を投げながら、冴子はラジコンヘリの操縦について頭を巡らしていた。

今回のミッションで最も気を使わなければならないのが風向きだった。砂漠の風は刻々と変化する。多くは地中海から山越えで吹き込むフェーン気流だが、高気圧の発生によって風向きが大きく変わった。気象衛星データも車に設置されていた。気象状況から判断する必要があったので、決行日の設定は冴子に任せるという連絡も受けていた。自然現象は、時として作戦そのものを無効にしてしまう。しかしそれはやむを得ないことだ。

気象データには始終気を配っていた。毎日の気象データの流れを踏まえて、少し長いスパンで予測を張り、ランドクルーザーを陸揚げして四日目に冴子は決行日を報告した。

そして、決行まであと一日となった。

目標の化学兵器プラントがある街で、小規模な爆弾テロが発生した。民間人に被害はなかったが、「報復の市街戦が始まる」という風評が街を駆け巡った。

冴子は顔中を布で覆い、目だけを覗かせた出で立ちで街を歩く男に声をかけた。

「何が起こったの」

「市街地の中心近くにある化学プラントが敵のターゲットになったそうだ。軍がこれを守るために部隊行動を起こすらしい。工場付近は危険だから、避難したほうがいい」

「ありがとう」

冴子は何食わぬ顔で礼を言いながら、作戦がすでに始まっていることを確かめた。

――これで民間人を退避させることはできた。あとは明日、うまくやるだけ。

Xデーはラマダンの日に合わせていた。工場の従業員もラマダンは自宅で過ごすことが多いからだ。

日の出前、市街地の西方十八キロ地点の砂漠に冴子はいた。強い風が冴子の全身に吹き付ける。砂漠はまだ薄暗く、気温も低い。

ランドクルーザーの後部ドアを開き、大型のラジコンヘリを荷台ごと外に出した。ラジコンヘリはカーボン製で、ローターはチタン製の頑強なものだった。機体はスティルス機に使用されている特殊塗料で覆われていた。レーダー網に捕えられないためである。

ヘリの脚を荷台に固定していた金具を外した。モーターコントロール装置の電源を入れる。さらに超小型原子炉を起動する。五分で発電可能の状態になるはずだった。

「オーケー」

予定通り発電が始まったのを確認した冴子は、車の助手席に移り、ラジコンヘリの操縦桿《かん》を握った。通常のラジコン用のコントロール装置であるプロポーショナルシステムとは全く異なる、本物のヘリコプターの操縦桿に似た仕様である。機首に取り付けている小型誘導装置とカメラ、GPSの起動を確認する。

ヘリはモデル二〇六Aのジェットレンジャーで、余計な装置を一切省いた簡易なものだった。スターターのスイッチを入れると、長さ一・五メートルの二枚のローターがゆっくりと回り始めた。

ローターの回転数を上げ、二メートルの高さまで上昇させホバリングの姿勢を保たせながら、「スイスホバリングサークル」と「トップハット」と呼ばれる操縦技法で、静止と方向転換、上下動を確認する。どの動きもスムーズだ。ローター音に異常はない。冴子は一旦ヘリを地上へ下ろすと、車の外に出てヘリを伝書鳩のように持ち上げた。

「がんばってね」

そう言って再び助手席に乗り込み、操縦桿を握った。

ヘリが上昇を始めた。方向は確認できていた。一気に高度を上げながらヘリは化学兵器プラントに向かって飛び立って行った。

ヘリの位置情報は手元のモニターに表示された。時速約八十キロのスピードなら、十分少々で目標に達する。機首にあるカメラは継続的に映像を届けてくれた。モニターは砂漠を表示し続けていたが時折オアシスが映る。

化学兵器プラントまであと二キロの地点に差し掛かったとき、冴子はヘリのモーターコントロールをオフにした。高度計とGPS、さらに工場内の協力者が設置した屋上の誘導装置を確認しながら、ヘリのローターのピッチ角度を調整する。二キロ程度なら、突風でも吹かない限りオートローテーションランディングで失敗することはなかった。速度は時速三十キロ台に落ちていた。ラジコンヘリはほとんど音もなく地上に降り立つだろう。

警察庁課報課では、押小路らが大型モニターに映し出された衛星と、ラジコンヘリから送られてくる映像を、固唾《かたず》をのんで見守っていた。冴子も車内のモニターで映像を確認することは出来たが、それを見る余裕はなかった。

工場に配備された軍人は、ラマダンの最中だからだろうか、前日にあったテロのことも忘れたかのように気の抜けた様子で警備にあたっていた。工場を囲む高い塀の四つ角には十メートルほどの見張塔があり、それぞれに緊張感のない兵士の姿があった。

日の出時刻が過ぎた。東方の空が次第に群青《ぐんじょう》色から青へと変わっていく。西側はまだ黒々とした空に無数の星がきらめいている。

見張塔の兵士の何人かが、揃って西の方向を見た。だが何かを捉えるでもなく、顔を見合わせた。

次の瞬間、工場の東端にある建物に閃光が走った。巨大な火柱が垂直に二百メートル近く上がった。

「お見事」

モニターの前で押小路は低い声で言った。

工場内にいた兵士たちが次々に表に飛び出して来るのが見えた。おそらく、工場内のどこかが爆発したと思っていることだろう。

「おうおう、パニクってるぞ」

片岡長官もモニターを注視している。

爆発の後、工場周辺に住む一般市民は誰一人、家から表に出る者はいなかった。

「アラブ政府も爆発の原因を外からの攻撃とは思っていないだろうな」

警備局長の根本も同席していた。

たくさんの化学工場が林立するエリア内で、一部関係者しか知らない化学兵器プラントだけが突然爆発したのだ。

「たった今、アメリカの監視衛星がこの爆発事故を熱感知でキャッチしたとの情報が入りました」

諜報課の篠宮が押小路に報告した。

すでに半径二十メートルほどの火柱が二百メートルの高さまで上がった後だった。

通常の化学反応では起こりえない熱量が発生したが、規模は小さく、放射線量が急上昇することもなかった。核実験や通常の核爆発が起きていたらそうはいかない。

「超小型核はいい活躍を見せてくれました。もちろんラジコンヘリの操縦者の榊も」

オメガ内部で最も心配されていたのは有毒ガスの発生だったが、極めて高温の爆発によってそれが抑えられたということは、今後の攻撃手法をさぐる上で大きな意味があった。

　翌日、化学兵器プラントは直ちに閉鎖された。アラビア湾に資材が運ばれ瞬く間に建設されたプラントだったが、北朝鮮に密輸するための兵器を造る間もなく、あっという間に破壊されてしまった。

　ＣＩＡやモサドも事実関係の情報収集に当たっただろうが、アラブ政府が化学工場の事故であると発表し、早々に証拠を隠滅してしまったため真相には行きつかなかったに違いない。

　片岡が満面の笑みで言った。

「日本の技術はやはり捨てたものじゃないな」

「ラジコンヘリを使うなど、大国には考えられない作戦だったでしょうね」

　根本も満足気である。

「北は思わぬ事故に衝撃を受けたようです。新たな兵器を要求したようですが、製造施設を失ったアラブは、なんとか金の支払いで勘弁してもらおうという魂胆です」

　押小路は片岡らを前に説明を続けた。

「アラブ政府の発表では、数名の工場職員と兵士が死亡したようです。全員事故死ということでした」

「止むを得ないな。それにしても有毒ガスの発生が抑えられたことは大きな収穫だよ。今後もこの作戦は使えるということかな」

自らに言い聞かせるように根本は頷いた。すると片岡は一瞬首を捻って根本を制するような口調で言った。

「しかし、我々もついに行くところまで行った感があるな。下手すりゃ、世界中から潰されかねない事案だった。ほとぼりが冷めるまで、しっかり情報収集に努めておいた方がいい。諜報に終わりはないんだ」

「はい。次の一手も打たなければなりません」

二人の会話を聞きながら押小路は黙って頷いていた。

数時間後、化学兵器プラントの製造を推進したとされるアラブ政府関係者三人が、ほぼ同時刻に別の場所で自動車接触事故を起こし、三人とも死亡したと伝えられた。

こうして冴子のデビュー戦は成功裏に終了した。ホテルのプライベートビーチで一人ささやかな祝杯を挙げていると、携帯電話が鳴った。

「いい仕事だった。あと数日は、ドバイでラグジュアリーなホテルライフを楽しんでくれて構わない。そして榊の正式な配属先が決定したことも伝えておこう。君の次の行き先は香港分室だ。広東省で出回っている高純度の覚せい剤のルートを暴き、製造工場を潰してほしい。今度は同年配のチームメイトもいるから、そうやって一人でシャンパンを飲むこともなくなるだろう」

冴子はシャンパングラスの中をまっすぐに立ち上る泡を見つめながら、押小路の笑い声を聞いていた。

第三章　計画

香港分室のデータ分析室は磨りガラスで囲まれていた。

マザーコンピューターはすべて地下二階に置かれているため、デスクにはパソコンのみが置かれているシンプルな作りだ。しかしコンピューターには厳重なアクセス制限が設けられており、その権限をもつのは香港分室の中でも冴子と土田のほか三人しかいなかった。

二人は鴨緑江《おうりよくこう》大橋を通る貨物列車の衛星画像をプロジェクターで映し出していた。これとコンピューターに入力された様々なデータを照合していく。

「土田さん、鴨緑江大橋を通って、北から中国へ運び込まれる覚せい剤や麻薬の量を正確に調べる手立ては思いついた？　『入り』と『出』を調べなければ、正確な流通ルートは分からないって、言っていたわよね」

冴子が尋ねると、土田は「そうだったね」と言いながら説明を始めた。

「新義州からやってきた貨物列車は、鴨緑江大橋を渡り丹東市に入ったところで、いったん貨物ターミナルに入ることがわかった。丹東貨物駅だ。そこには貨物列車の重さを量る台缶《だいかん》があってね」

「台缶？」

冴子は聞き返した。

「秤《はかり》のことだ。ほら、高速道路の料金所手前で過積載の有無を調べる秤があるだろう」

「ああ、それならわかるわ。トラックごと乗る秤のことね」

「そうそう。中国の鉄道用の鉄橋は突貫工事で造ったものが多いから、重量オーバーになると、橋が落ちる可能性があるわけさ」

土田が人懐っこい笑顔を見せた。

「中国国内を走る新幹線のトンネル工事にしても、本当にずさんよね」

「建設技術は日本が世界に誇れるもののひとつだよな。なにしろ耐震技術が必要だし、海や河川に架かるたくさんの橋は、圧倒的な技術力に支えられている」

冴子は旅行でロサンゼルスをドライブした時のことを思い出した。

「かつてロスの高速道路の巨大ジャンクションを見たとき、そのスケールには圧倒されたわ。だけど工事中の現場を見ると驚くほどお粗末よね。こんな柱でいいの？なんてね」

うんうんと頷いて土田は話を戻した。

「台缶のデータを押さえれば、貨物列車の重量がわかるんじゃないかな」

目の付け所が面白かった。冴子は感心しながら、どうすればデータを抜けるか頭を巡らせた。

「一度、貨物列車が入る駅まで見学に行ってこようか」

土田はハイキングにでも行くかのように言った。

「要は、どんな形式でデータ管理システムが組まれているかよね」

「メーカーを見ればわかるさ。重さを量るだけのシステムだから、そんなに複雑なモノを使っているとは思えない」

「次にこの橋を渡って、北から運び出される薬物はアヘンという情報があるんだけど」

「そのようだ。北朝鮮のアヘン事業はまだまださかんだな。信頼できる脱北者情報によれば、八〇年代末に国を挙げてケシの裁培面積の拡張事業が展開された。国が運営中のアヘン裁培農場は、七千ヘクタールを超えるらしいよ」

冴子は額に手を当てて考え込むような姿勢で言った。

「でも、大規模な豪雨でケシ栽培が大打撃を受けたこともあったでしょう？」

「よくご存じで。九五、九六の両年のことだね」

「中国国内では覚せい剤よりも、アヘンの需要の方が高いんですってね」

「なぜかわかる？」

土田が尋ねると、冴子は首をふった。

「覚せい剤の吸引方法に答えがある。中国の田舎では覚せい剤を炙《あぶ》る時に必要なアルミホイルが手に入らないんだ。注射器や注射針も当然ない。その点、アヘンはパイプさえあればできる」

見てきたように土田は説明した。

「北朝鮮は世界で唯一、麻薬の生産と密輸を国策事業にしている国家でしょう」

「七〇年代からやっているよ。外貨欲しさにね。麻薬と日本の中古車の密輸だけが、外貨を稼ぐことができる唯一の手段だった時期もあるぐらいだ」

冴子はふっと息を吐いた。それが今や弾道ミサイルや核兵器を開発するまでになってしまったのだ。

「麻薬取引がなければ、北は大規模な核兵器の実験なんてできなかったわ。そんな大規模な財政拠出は不可能だもの」

　近年、中国当局は韓国の麻薬取締機関と協力し、北朝鮮産の麻薬・覚せい剤など違法薬物約六千万ドル（約四十八億円）相当を押収している。中国も東北三省を中心に蔓延する違法薬物の取り締まりに本腰を入れ始めていた。

　覚せい剤の話をすると、冴子は心の奥底がキリキリ痛むのがわかった。

「北朝鮮は今でも、いくつものルートで麻薬や覚せい剤をさばいているわ」

「輸出先の六割が中国、三割がロシア、そして残りの一割が日本というところかな」

「しかも日本が一番高く買わされている……馬鹿馬鹿しいにも程があるわよ。そこに北朝鮮の政治家や警察までかかわっている。ああ、麻薬国家北朝鮮をぶっ潰してやりたいわ！」

　土田は冴子の肩を軽くたたいた。

「落ち着けって。今回冴子さんがターゲットにしているのは、中国国内の製造工場でしょう？　北朝鮮側に攻撃をかけるよう指示を受けているのは僕なんだから」

「ええ。それにしても軍部が覚せい剤で商売しているなんて国家としてあり得る？　そのお金が、政治家に流れたりするのよ。中国の現共産主義体制が崩壊すれば、北朝鮮は放って置いても瓦解するわよね。少なくともスカッドミサイルが撃ち込まれたぐらいの影響が出るはず」

土田は声を上げて笑うと、次第にヒートアップする冴子をなだめるように言った。

「よし。明日、僕が丹東貨物駅を偵察してくるからな」

＊

翌朝、土田はリュックにノートパソコンとデジカメを入れて香港分室を出ていった。

「いいデータ、摑んできてね。気を付けて」

背中に向かって冴子が声を掛けると、土田は右手を高く上げた。

すぐに瀋陽桃仙《しんようとうせん》国際空港へ飛んだ。

途中、空港の売店で中国全土の詳細地図を買った。日本から取り寄せた正確な地図と見比べると、いくつかの地名や地理に誤りがある。丹東市はと言えば、鴨緑江大橋はおろか丹東貨物駅すら載っていない。土田は口元をゆがめた。

──地図にない街ってわけか。

飛行機を降りると、濬丹《しんたん》高速道路からG三〇四国道を通って丹東市内に入った。パソコンがナビ代わりだ。土田はインターネットで取得できる航空写真をナビとして使用できるよう、独自にプログラムを組んでいた。

昼過ぎには、丹東貨物駅駅舎脇の駐車場に車を停めた。

丹東貨物駅は巨大な屋根に覆われていた。出入りする貨物列車の姿を衛星写真や航空写真に撮られないようにしているのだろう。

──四本の線路は、かなり先まで屋根の中だ。

土田は駅舎内を注意深く見渡した。監視カメラも設置されておらず、警備員の姿も見えない。情報によれば貨物列車が出入りする時には軍が警備をするらしい。小一時間、駅職員の動きとセキュリティー状況を確認すると、土田は駅舎を出た。

駅舎の横には小屋があった。外観こそ古びていたが、覗けば内部は改装され機械や入り組んだ配線が見えた。

「ここから攻めるか……」

土田は小屋の裏に車を移動させた。すると一人の駅職員らしい男が、小屋の通用口から出てくるのが見えた。土田は、駐車場脇でタバコに火をつけた男の背後に忍び寄ると、男の頸部に高圧電流が流れるスタンガンを当てた。その瞬間、男は声をあげる間もなく静かに地面に崩れ落ちた。電気ショックを受けたのだ。

意識を失った男の制服を脱がせ、土田はそれに着替えた。

「ここでちょっとお昼寝していてくださいね」

そして男をなんとか車のトランクに入れると、通用口から小屋の中へ入った。

小屋は丹東貨物駅の電源管理センターだった。最新と言っていい設備である。

土田は小屋のバックヤードに入ると、多くの電気ケーブルを跨いで配電盤に近づいた。持参したピッキングキットの中から二本の細い金属棒を取り出し、配電盤の蓋《ふた》の鍵穴に差し込む。金属棒を回すと、合鍵でも使うかのように開錠した。

配電盤の中には多くの配線があったが、土田は迷うことなく二本のケーブルをつまみ出した。

――このケーブルで間違いないな。

リュックの中から小型のプラスチックケースを取り出した。ケースからは赤と緑のケーブルが伸びている。土田はポケットからニッパーを取り出し、摘み出した二本のケーブルに切れ目を入れ、そこにプラスチックケースを繋いだ。これをコードの束に隠すようにして配電盤の奥に押し込み、配電盤の蓋を閉じ施錠した。

駐車場に戻った土田は急いで制服を脱ぎトランクに入れていた男に着せ、男を小屋の壁に寄り掛かるように座らせると、車を発進させた。

しばらく西日が降り注ぐ道を走った。目指すは、鴨緑江のほとりに建つホテル「皇冠假日酒店《クラウンプラザホテル》」だ。

皇冠假日酒店は市街地から離れているため観光には適していないが、遼寧省の地でリゾート気分を味わうことができる唯一のホテルだった。リバービューの部屋からは対岸に北朝鮮を眺めることができる。チェックインを済ませると、土田はまず部屋に盗聴器がないかどうか調べたが、見つからなかった。自然と安堵のため息が漏れた。

通された部屋はデラックスルームで、キングサイズのベッドが置かれている。

「日本のホテルより作りがいいな」

室内を一回りして土田は上機嫌で呟いた。ザ・ペニンシュラ香港と同じく、広い独立したドレッシングルームまである。それでもベッドルームが狭く感じないのは、六十平米近い広さがあるからだろう。水回りも問題なく、ベッドスプリングはちょうどよい弾力があった。

土田はソファーに座ると、リュックからパソコンとインターネット接続キットを取り出してデスクに向かった。

パソコンを起動し、早速ハッキングの準備に取り掛かり始めた。

先ほど丹東貨物駅の配電盤に設置した発信器に接続する。土田が細工を施した配電盤内の回線は特殊な光ファイバーで接続されており、駅舎内のサーバに直結されている。現場で確認済みだ。発信器とパソコンの間の電波は複雑に暗号化されたデジタル波で、もし北朝鮮や中国の国家機関がこのデジタル波をキャッチできたとしても、解析するには膨大な時間がかかるだろう。この仕組みを作ったのも土田だった。

丹東貨物駅のネットワークセキュリティーは甘く、突破するまで二分とかからなかった。

——なんだ、やりがいがないなぁ。

口元に笑みを浮かべつつ土田がネットワークに入り込むと、北朝鮮との往復列車に関するデータが現れた。

鴨緑江大橋を通る鉄道は、旅客列車が週四本。北京と平壌間を往復する国際列車だ。一方、貨物列車は毎日運行されていた。

「交易は盛んなんだな」

貨物列車は、長い時には二十五両もの貨車を連結していた。一車両の長さを十五メートルとすれば、四百メートル近い列車もあるということだ。――鴨緑江大橋の全長は九百五十メートルほどだったよな。あの橋の半分近い長さの列車が通るんだ。なかなかの光景だろうな。

土田はその光景を思い浮かべながらキーボードを打ち続けた。

さらにデータを調べていくと、各貨物列車ごとの積載物と重量が記されているフォルダに突き当たった。この中で、不審なデータが目についた。月に一度、北朝鮮から来る貨車の積載物が暗号化されているのだ。しかも謎の荷物を運ぶのは、いつも同じ車両のようだ。この車両だけは丹東貨物駅に入った翌日、丹東港に向かう別の貨物列車に連結されて送られていた。

「これか！　わざわざ航路で何を運んでいるのかな。さて、この積載物に付された暗号を解読しないと」

過去五年分の貨物列車の積載物データをダウンロードすると、土田は中国政府の対外貿易経済合作部、鉄道部、国防部国防科学技術工業委員会、税関総局のコンピューターに次々とアクセスしていった。さすがに国防部と税関総局のセキュリティーは厳しいものだったが、それでも数十分ほどで、各本体サーバやメインコンピューターへの侵入を果たした。

「この暗号化されている部分は、『特殊軍事化学原料』と見てよさそうだ。毎回四トンが深圳市南山区の埠頭《ふとう》から陸揚げされている」

「特殊軍事化学原料」が覚せい剤原料、もしくは麻薬原料であることは容易に想像できたが、データだけではその確証を取ることはできなかった。

「広州《こうしゅう》のあいつを動かすかな……」

土田はリモートで丹東貨物駅に設置した発信器の電源を切ると、パソコンの電源を落とした。既に仮想ディスクを設定し、データは二重のプロテクトをかけたUSBメモリに入れた。

中国のハッカー対策は優れている。中国の国防部国防科学技術工業委員会あたりでは、すでにコンピューター内に何者かが侵入したことに気づいているだろう。

土田はハッキングの際に経由するサーバを慎重に選んでいた。常に海外の五拠点にあるサーバを使い分けていたが、今回はその中の一つである「中国紅客連盟《ホンクーリエンメイ》」関係者のものを使用した。彼らは共産党の色「紅」を掲げた中国のハッカー集団で、その攻撃対象はアメリカ帝国主義や日本軍国主義である。中国政府や中国の公安は、捜査が彼らに辿り着くと、そこで捜査を打ち切るのが常だ。またあの連中が遊んでいる、と判断するからだろう。データの改竄《かいざん》やウィルスの投入が認められない限り、彼らの覗き行為に関しては寛容だった。

中国政府はしばしばハッカーたちの愛国心を利用し、時に彼らを代理戦力《プロキシーフォース》として巧みに動かしていた。彼らの技能を買い、政府内のコンピューターセキュリティーをバックアップするよう求め、彼らに「中国サイバー軍」へ入るよう勧めることもあった。

土田は部屋を出るとホテル内のレストランに向かった。

燕巣を編み笠茸に詰めたもの、干しアワビのスープで出汁《だし》をとった薄塩味の煮物、ガチョウの茶葉蒸し焼き、蓮《はす》の葉で蒸したガチョウのレバーに、ガチョウの血を入れた濃厚なソースを絡めたもの——最高級の食材をつかった料理を味わい尽くした。

「なんて美味いんだろう。冴子さんにも食べさせてあげたいな」

土田はライトアップが始まった鴨緑江大橋を眺めながら白酒を口に含むと、おもむろに携帯電話を取り出した。

「楚《チュ》、久しぶりだな。明日広州で会えないか？」

電話の向こうから弾んだ声が聞こえた。

「広州へいらっしゃるのですね。老師《ラオシー》にお会いできるのが楽しみです」

土田を師と慕う楚は中国サイバー軍の準幹部で、土田の協力者《タマ》でもあった。

土田は凄腕のハッカーである。あらゆるコンピューター技術に通じており、レジストリや応用ソフトの設定、プログラミングなどにおいて非常に高度な知識を持っていた。警察庁のハイテク犯罪対策に関わる者たちの間では、土田は「ハッカー」より優れた技術者を指す、「ウィザード」と呼ばれていた。

土田の一番の趣味はリバースエンジニアリングだ。機械の分解、製品の動作観察、プログラムの動作解析などを通して、製品の動作原理、設計図、ソースコードなどを帰納的に調べるのだ。この技術を使って違法ゲームソフトなどは作られているのだが、土田を突き動かしているのは、ひとえに知的探究心だった。

翌日、土田は広東省広州市にいた。

広東省は深圳、珠海《しゆかい》、汕頭《せんとう》の経済特区を有し、その経済規模が省内国民総生産、外資導入額、輸出額、地方税収額で全国各省市区の首位に立つ。最も富裕層が多い省だ。

投資可能な資産が一千万元（約一億三千万円）以上ある富裕層は中国全体で約三

十五万人いるといわれているが、その一三パーセントを超える四万七千人が広東省に住んでいる。

広州市には中国サイバー軍の拠点があった。かつて中国国防部報道官が記者会見においてその存在を認めた通り、彼らは政府公認のサイバー戦部隊といってよかった。会見によれば、中国サイバー軍とは、広東省広州軍区に所属し電子戦用部隊の訓練などを行う組織である。中国は、国家的に資本主義社会に対してサイバー戦略を行っていることを公にしたのだ。

また中国のネット社会には、当局にとって有利な発言を書き込む「五毛《ウーモ》」と呼ばれる世論誘導役が三十万人ほどいると言われる。彼らは人民解放軍政治工作条例に記されている「三戦」のひとつ、世論戦の一翼を担っていた。

土田は中国サイバー軍の準幹部に昇格した楚を、高級四川《しせん》料理店に招いた。

「やっぱり故郷の味は懐かしいですね」

楚の出身は四川省だった。

「四川料理は日本でも人気があるんだが、北京同様偽物が多くてね。本物の味を提供してくれるのは、広州ではこの店だけじゃないかな。ここは、党幹部を接待する時に使うこともあるんだ」

流暢な北京語で土田は言った。

「とても美味しいです。痺れるような花椒《かしよう》と刺激的な辛味噌が最高ですよ」

箸を置いた土田は口の中を仄《ほの》かに甘みのある中国茶ですすいだ。

「中国が北朝鮮から輸入している、『特殊軍事化学原料』の中身を突き止めたいんだが」

「いかにも、な原料ですね」

楚は意味あり気に笑った。

「ちょっと調べたところによると、多くの資源が北から運ばれてくる中で、この原料だけが深圳に船で送られていることが分かった」

「老師、それはどれくらいの量なのですか」

「毎月一回四トンほどだ」

「わかりました。老師がお困りのようですので、われわれチームで探ってみます。ところで、深圳のどこに運ばれているのかわかりますか?」

「福田区にある、軍が管理している工場のようだ。先月、党幹部も視察に行っている」

「わかりました。一週間時間を下さい」

楚は恭しく言うと口元に笑みをみせた。楚は土田の素性をまるで知らなかった。
諜報課北京支局のエージェントとして、土田が中国に来て五年が経とうとしていた。

土田は、日本国内の反社会勢力と関係を持つ中国の裏組織をひたすら追いかけてきた。そこで見たものは、大きな不正を行っているのは裏組織だけではないという現実だ。共産主義国家である中国は、資本主義国家の常識が通じる相手ではないのだ。

土田はまた中国のネット社会では、「神業を使う男」と異名を取るほどハッカーとして名が知られていた。在日華僑を名乗り、高度なハッキング技術を披露してきた土田は、一部のハッカー連中の憧れの存在だったのである。彼らの中には中国紅客連盟の一員で技術者として高いレベルにある者も少なくなかった。

——中国国民は敵ではない。人民を圧倒的な権力で制圧している中国共産党こそ我々の敵だ。

この信念に燃えた土田は、かつてベトナム戦争でアメリカ軍と戦ったベトコンを真似た中国社会の底辺からの改革に取り組むことを誓った。

土田は技術に長《た》けた者たちの中で、中国共産党員上層部の子弟ではない者を集めた。そして彼らに「現実」を見せたのだ。中国政府が示すさまざまな情報にかけられたフィルターを外し、リアルな生のデータを示した。

「今のままじゃ、君たちは永久に共産党員を喰わせてやるための歯車に過ぎない。中国は変わりつつあるし、その流れは急速だ。チャンスを待つのではなく、チャンスは自ら生みだすものなんだよ」

土田に育てられた若者は、土田を「老師《ラオシー》」と呼び敬った。土田もまた彼らとともに実情に触れる中で学び続けた。

中国サイバー軍のメンバーは、他国のコンピューターに入り込むことは得意であったが、そのデータが何を示すのかまで考えが至らない者が多かった。それは「現実」を見ようとしないからだと土田は考えていた。彼らは国家から指定されたデータにアクセスし、これを操作改竄することで満足してしまうのだ。

「データの意味を考え、データが示す現実を想像しろ。他国の経済、他国の政治から、他国の人々の生活を覗き見るんだ。それが実情を知るためのトレーニングだと思うんだよ」

彼らの中から特に優秀な者たちを、土田は協力者に育てた。彼らは実に素直かつ忠実だった。楚もその一人である。

一人っ子政策によって、甘やかされわがままな性格に育った若者は多かった。とくに共産党幹部の子弟に顕著だった。共産党幹部の子弟といっても、大きくなれば権力闘争の渦に巻き込まれ、そのほとんどは敗者となっていく。彼らは幼いうちから揚げ足取りのディベート訓練を受けて相手を論破する手口を覚え、学校の教員に対して親が賄賂を支払う場面を目の当たりにする。

共産党員の子弟でない者は、幼少期から虐げられる生活に慣れてしまっている。その中からも秀でた者が現れて頭角を現してくることもあったが、ほとんどの者が大学に入る前に潰されてしまった。

土田の中国における情報収集は誰も真似できない手法だった。

土田はネットというアンリアルな世界からターゲットを見つけ、リアルな世界に引き出す技に長けていた。ネット上で内部告発を行うような有能な不平分子を見つけ出しては直接接点を持った。彼らは必ず匿名ソフトを用いて海外のサーバ経由でネット世界に加わっていた。

公安部で培ったその手法を、土田はオメガでも使うことで中国のネット世界に飛び込んでくる若者と密に連絡を取り合った。国家に不平がある者の多くは、中級共産党員だった。上級共産党員になることを目指しながらも、それに辿り着く術を持たない者たちが不平分子になる。そこには必ず、地位だけでなく金銭的な欲望が重なっていた。土田は彼らの心理を巧みにくすぐった。

「君ほどの能力がありながら、それをいかすことができないのは不幸だ」

彼らに土田は優しく呼びかけた。能力をいかすためには、閨閥《けいばつ》のほかに金がいることは分かっている。

「古い言葉だと言わずに聞いてほしい。同志を結集するんだ。同じ志を持つ者で団結するんだ。個で戦ってはだめだ。少なくとも数十人が共に動くことで、効果は大きくなる」

そう言って、団結する必要を説いた。

「この国をよくするために動くんだよ。天安門事件以来の本格的な民主化を願い、ネットで発信していけ」

土田は時に彼らに金銭的な援助をし、同志となる仲間を紹介することで、北京において人脈を広げていった。

＊

「早かったのね」

　朝一番に冴子が土田の顔を見るなり驚いて言った。冴子は今回の調査には一週間程度要するだろうと踏んでいたからだ。土田は楚と酒を酌み交わした半日後には香港分室のデスクでパソコンを開いていた。

「ブツは月に一回、四トンずつ運ばれているようだ」

　そう言って土田はUSBメモリをパソコンのハブに差し込んだ。二重のパスワードを解いて仮想ディスクを開くと、ハッキングした五年分のデータから直近一年分のデータを取り出し、さらにそこから先月分の「特殊軍事化学原料」と書かれた搬送記録を三台のモニターに分けて表示した。

「これが北朝鮮と中国を往復する貨物列車の積載物データだ」

「どうやってハッキングしてきたの？」

　土田がなかなか話し出さないので、冴子は別の質問を投げた。

「積載物は鉄鉱石、モリブデン、タングステン……どうして北朝鮮の羅津港から直接運び出さないで、わざわざ丹東まで貨車で運ぶのかしら」

「石炭や銅は海路で長江沿岸に運んだ方が、その後の使い勝手がいいのだろうね。レアメタルは精製所が大連《だいれん》にあるからではないかな。そこから遼東半島の南に新たにできた青島《チンタオ》地区工業地帯に運ぶわけだから」

　土田の分析は鋭かった。

「鉄鉱石は？」

「陸路に載せているのはごく一部。中規模の製鉄所で使う分だろう」

「なるほど……そして、これが問題の特殊軍事化学原料なのね」

　冴子はモニターを指差した。

「そう、これが覚せい剤や麻薬原料だという確証が欲しいところだよな。そこについては現在調査中だ」

「調査中？」

　冴子が不思議な顔をして訊ねた。

「そのうち報告が入るから待ってくれよ。ブツを運ぶ貨車の構造も知っておく必要があるから、それも調べている」

「そんなこともわかるの」

　土田は表情に出さずゆっくりと頷いた。

　同僚であろうと協力者の名前や立場は一切明かさないのが捜査員《エージェント》の暗黙のルールだ。土田はＵＳＢメモリに入った貨物データをサーバに移すと、データルームを出て行った。

冴子はたった二日でいとも簡単に国家の機密データを盗み出してくる土田の技術と人脈に驚きを隠せなかった。チームメイトを心底頼もしく思う反面、自分が何のスペシャリストでもないことに気後れも感じていた。


「……土田さん、人を殺したことある？」

部屋に戻ってきた土田に冴子は聞いた。

「いきなりどうした」

驚く土田に向かって冴子は目を細めて言った。

「ううん。私なんかが、この中国でエージェントが勤まるのかって不安に思えてきて。土田さんのその凄みはどこから来るのだろうって考えてみたの。とても肝が据わっているじゃない。笑うとえくぼができる童顔のくせに」

「最後の言葉は余計だろうが」

土田はくすくすと笑う冴子の頭を小突いた。

冴子はドバイのミッション以来、人を殺害したことはなかった。また拳銃を扱うことには慣れてきたが、ナイフを殺害手段として使うことにはまだ恐怖を覚えていた。拳銃は人を傷つける感覚が薄い。ただ引き金を引くだけでいいのだ。その点ナイフは違った。釣り上げた川魚でさえ、生きたまま捌くことをためらう冴子である。自分が生命を奪う瞬間を想像すると、底知れない恐ろしさが冴子から力を奪い取っていった。

しばらく沈黙していた土田が静かに口を開いた。

「僕は拳銃だけでなく、ナイフやロープでも殺《や》ったことがある。確実なのは自分の手の感触だけだと思っているところがあってね」

冴子は土田の顔が見られなかった。

「私にもそんな日が来るのかしら」

「香港でブツやマフィアを本気で追っかけたいのなら、覚悟はしておいても損はないだろうね。それが榊捜査官のミッションなんだからな」

土田は言葉とは裏腹に優しい眼差しを向け、続けて言った。

「杉浦敏彦《すぎうらとしひこ》警視を知っているだろう」

杉浦は冴子と入れ替わりに香港分室を去ったキャリアで、香港マフィア世界の実態解明に大きく足跡を残した人物だ。

「杉浦さんはマフィアから本当に恐れられていた。彼らはオメガなんていう組織は知らないから、背後に戦闘部隊を持つ日本のヤクザの大物だと思われていたらしいけれど」

土田は笑った。杉浦は、香港内で台頭し始めた過激グループ「黒竜《ヘイロン》」を一夜で殲《せん》滅《めつ》した伝説の警視である。オメガへ来る前は、警視庁公安部外事第二課の特殊作業班キャップとして鳴らしていた。一年前、杉浦の素性《すじよう》が香港マフィアに知られそうになった。急遽、杉浦は香港より召還され、冴子がバトンタッチすることになったのだ。

黒竜には旧来の香港マフィアも手を焼いていた。数十人の仲間を家族や子供の前でも平気で殺害するような連中で、その残忍で手荒い手法から犯行現場を見れば黒竜の仕業だと一目で分かるほどだったという。

「あるマフィア幹部は、ほかの幹部の中でも数えるほどしか知らない、愛人とその四歳になる子供の目の前で殺害されたらしい。幹部が持つ別荘前の小さな公園でベンチごと爆破された」

その後もマフィアの幹部ばかりを狙った事件が相次いだ。香港警察が警戒し、他マフィアも防衛態勢をとったが、事件の発生を防ぐことはできなかった。香港に拠点を置く各国の諜報機関も動き出した。香港の治安を揺るがす連続殺人事件は、ついに国際的に注目されるようになっていた。

「そこで杉浦さんが摑んだ情報は、黒竜が覚せい剤密売ルートの一部割譲を旧来のマフィアに要求したという内容だったんだ」

黒竜の拠点は、各国諜報機関が総力を挙げたにもかかわらず、明らかにならなかった。何人かのメンバーの顔は、目撃者の供述や監視カメラの画像から判明していたが、公安当局もマフィア幹部殺しの犯人を特定できずにいた。

旧来のマフィアは、黒竜から突きつけられた条件を飲む方向で話は進んだ。両者の交渉は実を結ぶかに見えた。

「そこに割り込むように現れたのが杉浦さんだった。杉浦さんがマフィアに提示した条件は、黒竜を殲滅する代わりに、自分との交渉テーブルに着くというものだった。マフィアは杉浦さんと黒竜のマッチポンプかと疑ったようだが、相次ぐ仲間の殺人事件に憔悴《しょうすい》しきっていたようだ」

果たして杉浦との契約が成立した。

「杉浦さんはマフィアに、これから五日以内に実行すると約束した。六日後の朝八時に結果を連絡するってね」

冴子は身震いするような気持ちで聞いていた。口を利くことができなかった。

「迎えた五日目の夜。僕もあの夜のことは脳裏に焼きついている。香港のいたるところで爆発と火災が一斉に起こったんだよ」

　土田は息を呑んだ。

「香港で同時多発的に爆弾テロが起きたんだ。公安はもうパニックだ。誰の仕業なのか、被害者は誰なのか、何を狙ったのか、情報が錯綜して収拾がつかなかった」

　マフィアは、杉浦との契約に保険をかけるつもりで予め捜査当局と内通していた。マフィアはこの五日間は動かないと誓っていたため、彼らの末端一人までアリバイがあった。

「夜中の零時を過ぎた頃になって、マスコミが事件の概要を報道し始めた。『今回の一連の爆破事件や火災は、テロではなく、暴力団関係者の対立抗争であることが判明しました。被害者はこれまでの捜査によると四十四人で、その全員が暴力団関係者だったようです』ってな。しかも、使用された爆弾は、軍事用のプラスチック爆弾だったこと、死因は爆死よりも銃殺の方が多かったことが分かると、特殊訓練を受けたコマンド部隊による香港浄化計画だったんじゃないかとまで噂された」

　冴子は質問を挟んだ。

「そのすべてがオメガの手によるものだったの？」

「まさか。こんな小さな組織だけでできるわけがない。でも人の動きを見て、タイミングを計り、すべての照準を一点に合わせたのは杉浦さんだろうね。杉浦さんは翌朝八時にマフィア幹部に連絡を入れて、彼らを交渉のテーブルに引きずり出した。もうすぐ、黒竜のボス洪均東《ウエイキントウ》の死体が上がるから待っていろと言って」

洪均東といえば、チャイニーズマフィアの大物で、政府高官や世界中の華僑とも繋がりがあることで知られていた。

洪均東の死は香港の新聞に小さく報道されただけだった。しかしその死は、世界に散らばるチャイニーズマフィアの勢力図を一夜で一変させた。

捜査当局によれば、爆弾にはインド陸軍の刻印があったという。インド陸軍が使用する兵器は、インドで生産されたものと、アメリカで生産されイギリス経由でインドへ渡るものと二つに分かれるが、今回は後者だったようだ。

この事件はさまざまな憶測を呼んだ。黒幕はＭＩ６とする説やインド特殊部隊の暴走を恐れる声、さらには香港金融界、中国の金融システムへの挑戦だといった見方が情報筋の間を駆け巡った。

中国情報部は直ちにイギリスとインドに特殊任務を帯びた諜報員を派遣するとともに、マフィアと交渉した東洋人の調査に入った。

「杉浦さんは、爆発事件の三日後に、インドとイギリスを経由して極秘帰国したんだよ」

香港分室のデスクでテレビニュースを観ながら、土田は不敵な笑いを発した。いつの間にか、度数六十五度の白酒を専用のショットグラスで空けている。

冴子は質問を投げかけた。

「でも洪均東がやっていたのは、主に蛇頭《じゃとう》ビジネスでしょ」

「蛇頭ビジネス？　まさか蛇頭が単に密入国を斡旋するブローカーだなんて思ってないよな」

冴子は首をかしげた。

「馬鹿言っちゃいけない。奴らは臨機応変に中国マフィアや日本のヤクザと手を組み、麻薬から殺しまでなんでもやってのける連中だよ。黒竜は蛇頭をさらに凶悪化したような組織だった。彼らが蛇頭《スネークヘッド》と呼ばれている理由を知ってる？　蛇の尾は、いくら切っても生えてくる、頭さえ残っていればね。つまり、決して死なない化け物って意味を持っているんだ」

「それで日本に来る密航者に日本のヤクザが手を貸していたというわけだったの」

土田はショットグラスを片手に冴子に向き直った。

「冴子さん、黒社會《ヘイシャーホイ》という言葉は日本で習ったよな」

「中国の裏社会、という意味であることぐらいは知っているわ」

警察大学校の教養課程だけでなく、警視庁公安総務課時代にもよく耳にした言葉だった。

「そのとおり。黒社會というのは特定の組織を指して用いるのではなく、犯罪組織や地下経済、及びそれらにより派生する社会そのものを表す言葉なんだ。香港は、香港三合会を筆頭として、一四K、和勝和《フォシェンフォ》など、幾種もの犯罪組織が割拠している状況だ。そしてチャイニーズマフィアは、世界中に広がる華僑社会に存在している。地縁血縁による強固な繋がりを持っているから、底知れない根深さだ」

「わかる気がする」

「そこで僕たちは何を考えなければならないか。僕たちは、それぞれのマフィアの歴史的背景から現在の力関係までを考慮して、捜査や工作を行うべきなんだよ。全て自分たちで手を下す必要はない。必ず敵対する組織があるものだ。そこを巧く陽動して一大作戦を束ねる技量がいる」

土田は中国の歴史を学ぶことに時間を費やしていた。特に清朝末期から香港の返還までの約百年間に発生した、現在のチャイニーズマフィアの興隆を徹底的に調べ上げていた。

「中国語圏の裏社会のルーツは、清朝打倒のために結成された漢民族の秘密結社だと言われている。清朝は中国を支配した最後の統一王朝だけど、彼らは東北方の女真族だ。漢民族にとって清は征服王朝にすぎないからね。もっとも清は武力で漢民族国家・明の皇室に取って代わったわけではないよ。清は、農民反乱を率いて明を滅ぼした李自成《りじせい》を逆賊として討伐してみせた。あくまでも明を継いだ形をとったからうまくいったんだ。賢いやり方だったと思うよ」

「大学入試を思い出すわ」

「中国の歴史は本当に面白い。征服と奪還の繰り返しだからね」

眉を寄せて冴子は聞いた。

「秘密結社はどうなったのかしら」

「彼らはその後徐々に犯罪組織へと変質していった。そして香港の中国返還に際して、中国共産党による取締り強化や、厳格な刑法適用を恐れて相当数の構成員が国外に飛んだと言われている」

「洪はどういう存在だったの？」

「洪はチャイニーズマフィアの原型を作った男でもあった。黒竜を確立してからは表舞台には顔を出さず、配下を巧みに動かしていた。配下の顔ぶれはいずれも紅衛兵時代の戦友だったらしい。しかし次第に組織は変質していった。気が付けば流民、貧民、敗残兵がひしめくアウトロー集団になり果てていたんだね。彼らは、殺人、暗殺、強盗、誘拐、人身売買、密輸などを生業《なりわい》としながら裏社会で好き放題にやっていた」

「それで今回、どうやって同士討ちさせたわけ」

「ろくでもない奴を消すのに、わざわざ自分の手を汚す必要はない。そんな奴らを消すには同類を巧く使えばいいんだ。昔から『毒を以て毒を制す』と言われているだろう。こちらにはたくさんの武器もなければ人もいない。蟻は頭を使い、いかにして巨象を倒すかを考えるものだ」

冴子は先輩エージェントの言葉を反芻した。

「覚せい剤や麻薬は、悪い奴らの収入源。マフィアを潰したいなら、やはりお金の流れを絶つことよね」

「そう。自分の国の中だけで勝手にやってくれるのなら内政干渉はしないけど、結果的にブツが日本に流れてきたりしたら迷惑だからな」

「覚せい剤や麻薬は絶対に許さない」

小さな胸の痛みを感じながら冴子は土田を見た。

「冴子さんは、中国の精製工場を徹底的に破壊してくれよ。俺は北朝鮮の工場をぶっ壊してみせるから」

第四章　ハッカー

課報課では、押小路と部下で企画官の武田豊《たけだゆたか》が情報交換サイトを閲覧していた。

「淋しきオタクハッカー集団がオフ会話《ばなし》で盛り上がっているな」

押小路は頭を掻きながら画面を見つめた。

「奴らはオフ会で面と向かって話ができるんですかね」

武田はオフ会の詳細を知ろうと、画面をスクロールしていく。

「パソコンだけがお友達の連中でも、何らかの情報交換をしたいんだろう。アキバに行くと、電器屋の隅に集まってゲーム情報を無言で交換している連中がいるけどな」

武田は数回頷くと言った。

「子供はまだいいとして、大人までやっていますからね。異様な光景ですよ」

「本当の遊びを知らずに体だけデカくなった、大きなお友達だ。精神年齢はバーチャル世界に浸る子供と似たようなものだろう」

武田がインターネット画面から、詳細をダウンロードした。

「でも課長聞いてくださいよ。うちには都立高校に通う娘がいるんですが、最近同じクラスの男子から封書のラブレターをもらったとかで」

押小路は微笑んだ。

「ラブレターか。懐かしい、いい響きだな」

「ところが娘は『手紙って生々しくて気持ち悪い』、ですよ」

押小路は武田を不審そうに見た。

「手紙よりも、味気ないメールの方がいいのかな」

「気に入らなかったら、すぐ消去できる手軽さがいいのでしょうか」

「そういう時代なんだな。でも武田、よかったじゃないか。娘さんが親父にそんな話をしてくれるんだから」

「会話はありますね。最近まで一緒に風呂に入っていましたから」

目を丸くして押小路は武田の顔を覗き込んだ。

「な、なに？　高校生の娘と一緒に風呂に入ってた？」

「娘も嫌がらないので……駄目でしょうか」

あまり立ち入ったことを言うべきではないと思い、押小路はひとまず言葉を飲み込んだ。クラスメイトからのラブレターを嫌がりながら、父親と入浴することは厭わない女子高生は、押小路の理解を超えた存在だった。

「俺もよくわからんけどなあ。武田、オフ会の概要をまとめて」

課報課や公安部ハイテク捜査班、生活安全部サイバー犯罪対策課は、国家機関に攻撃を仕掛けてくるハッカー集団の動向を常に監視していた。

「概要はこの通りです」

武田はＡ４用紙を見せた。

これはＯＦＦＫＡＩ！

参加場所＋時刻★

全国、とりあえず首都圏は盛り上げる。

場所は各県による。詳細はＷｉｋｉや２ｃｈ該当スレにて。

ひつようなもの★

・服装＝　スーツｏｒ私服（ただし上は黒系に限る！）

・道具＝　薄い手袋＋小さいゴミ袋

・あと飲み物。顔を隠すためストローもね！
・タオル（夏なので）
・〈必須！〉アムニマウス仮面　自作でもOK
・チラシを二十枚ほど印刷してきてね。
確認★
・話しかけられても無言でいてください。
・逮捕されそうになったら、みんなでそいつをカメラ撮影で囲みましょう。
・スマホなどでチャットしましょう。
・仮面は駅から装着、百メートル以上離れてから外す。

押小路は独特なリズムで書かれた文章を読みながら言った。

「甘いんだよなぁ。特にアムニマウス仮面をすぐに外していいっていう辺りな。警察を舐めすぎだろう。その程度のガキの集会ということだ。どのような態勢を組むつもりなのか公総課長は何か言ってたか」

武田は答えた。

「当日は二百人態勢で追っかけをやるそうです。そのうち一部は吸い出しも」

「何、吸い出しだって。公安部はメンバーをすでに割り付けているのか」

吸い出しというのは、犯人や容疑者が居住先から出て、目的地に向かうまで行動確認することだ。あらかじめ対象者の住まいが判明していることを前提としている。

「アノニマス《匿名の》」という単語をその名の由来とする「アムニマウス」は、匿名掲示板などオンラインコミュニティ上で構成される集団である。様々な抗議行動に加え、DDoS攻撃やクラッキングなどを行う、ある一つの目的のもとに集散する烏合《うごう》の衆だ。

押小路が言った。

「アムニマウスは、常人よりもややコンピューター知識があるというだけで、軸になる太い思想を持っている集団ではないんだ。個々の構成員は利己的で、視野も狭い。時に国家相手に大勝負を挑んでいるつもりだろうが、そもそも彼らには日本は法治国家なんだという基本的な認識が欠けている。大義を抱えてアクションを起こすにしても、常識を踏まえないとは、知的レベルが低すぎる。所詮本気で何かを変えようとは思っていない。お遊びに過ぎないんだね。自分たちにとって面白くないことに対してだけわがままを言いたいなんてことが、通用するわけがない」

武田は押小路の話を頷きながら聞いていた。

「確かに仰る通りですが、彼らが世界規模で動いてしまうと、国として対応ができなくなるのが問題です。今回のように、オフ会なるもので集団示威運動を行ってくれると、捜査当局としてはありがたいですよね。表舞台なら動きやすいですから」

「ネット上で追いかけても本人に辿り着くのは難しいからな。成りすましソフトなんか使われた日には、下手すりゃ何ヵ月もチームを動員しなければならなくなる」

その間にまた別のＩＰアドレスが使われれば、捜査はさらに難航する。

「外に出てきてくれれば、こちらのもんですよね。警視庁でもスコットランドヤードでも、防犯カメラと監視カメラの扱いに関してはスペシャリストがいます。その画像解析技術をもってすれば、いくら駅から仮面を装着しようが、駅から百メートル以上離れて仮面を外そうが、その後に撮影された画像で人物の特定は極めて容易ですから」

「スコットランドヤードの背後には国家的諜報部隊が控えているし、警視庁公安部もまた独自の調査部門を持っているからな。世の中の構造を知らない奴らだ。仮面の中の本当の顔を特定することなど訳ない」

住民票、戸籍謄本から義務教育を受けた中学校までを把握し、私立学校出身の者であれば、在校中の成績、交友関係、親の職業、収入、納税額、進学先、就職先まで解明するのに数日とかからない。さらに使用するパソコンのIPアドレスを特定して、そのパソコン内に侵入しログにアクセスするのも簡単だ。

「警視庁でハイテク犯罪対策に関わるハッキング部隊の技術はすごいですからね。その辺のハッカーより知識もあります。企業のパソコンや大学、時には役所のパソコンを使用しているハッカーがいたとしても、彼らがかけたプロテクトを突破することでしょう。我々とCIA、MI6が手を組めば、どんなプロ集団であろうと逃げることができないと思ってほしいですね」

武田はそう言い切った。

「ところで吸い出しもするのだろう。公安部はいつ被疑者の特定をしたんだ？」

「彼らは二ヵ月ほど前に渋谷駅周辺で、例の仮面を被ってゴミ拾いをするというパフォーマンスを行いました」

押小路はその報告を思い出して何度か頷いた。

「その時の参加者は男女合わせて百一名でした。リーダー格と思われる者を追いかけたようです。ちなみに公安部では日本のアムニマウスメンバーのことを、男を〝アニサキス〟、女を〝ダルメシアン〟という隠語で呼んでいるそうです」

「……〝寄生虫〟と〝101匹わんちゃん〟の犬か。何とも絶妙な取り合わせだな。リーダー格についてはある程度把握できているんだな」

武田は首を縦に振った。

一方、警視庁公安部ではオフ会情報への対応が検討されていた。

ＯＦＦ会の予定★
7月10日　ＯＦＦ会開催予定！
開催地は東京です。必要なものなどは随時アップしていきたいと思います！

プリントアウトされた彼らのメッセージを手に、ハイテク担当管理官の麦島《むぎしま》が公総課長の夏木に報告をしていた。

「決行日はこの通りです。あと、こちらが檄文のようなものです」

そう言うと麦島は夏木に別紙を差し出した。

この作戦は、日本における清掃活動である。

アムニマウスは、人類のインターネット上での自由を、政府やコンテンツ産業が取り上げようとしていることを憂えて集結した、世界中の意思であり、行動する個人である。

私たちは、アムニマウスの仮面を付けスーツを着て集うオフライン・ミーティングを計画している。アムニマウスが何者で、何を憂えているか――つまり、アムニマウスは組織ではなく、犯罪者でもないことを説明したリーフレットを配りながら、ゴミを拾う。文字通り、街を綺麗にする――ために。

私たちは、より生産的で建設的な解決方法が望ましいと考えている。

アムニマウスは、「サイバーテロリスト」ではないのだ。

日本の人々には、私たちアムニマウスが、なぜ、今、改正著作権法について憂えているのか、真実が報道されないのはなぜかを深く考えていることを知ってほしい。

私たちのメッセージと行動により、より多くの人々がこの問題に気づいてくれることを願っている。

七月十日、私たちは新宿に現れる。

我々はアムニマウス。

本作戦では、クリックの代わりにクリーニングを行う。期待せよ！

「オフ会開催地は新宿東口のようです」

「なんだこの『クリーニング』っていうのは」

夏木は首を捻った。

「なんでも改正著作権法を『ゴミ』と見立てて、本気でゴミ拾いを行うようです」

アムニマウスは日本の政党や政府機関などを狙ったサイバー攻撃を表明していた。警視庁公安部は、電子計算機損壊等業務妨害や不正アクセス禁止法違反などの容疑を視野に、アムニマウスに対する本格的な捜査に乗り出す方針を固め、さらに、詳しい被害状況を調べるほか、攻撃元の特定を進めようとしていた。

麦島は続けた。

「当日、どの程度の人員が集まるのか全く想像できませんし、その中にサイバー攻撃を行ったメンバーがどの程度いるのかもわかりませんが、二ヵ月前に渋谷に集まった面子《メンツ》全員を割り付ける準備だけはしておきます」

「所轄も呼ぶのか？」

「はい。所轄からは行動確認のスペシャリストを二名ずつ、計二百人。公総の第五担当と調査八係からも合計百人を出す予定です」

　夏木は顎に手をあてて報告を聞いていた。

「三百か……いいところだろうな。当然ながら集会デモ申請はしてこないだろうから、いざとなれば、公安条例で首謀者の身柄をとればいいわな」

　麦島は少し考える素振りをした。

「ただ、彼らは烏合の衆ですから……」

　それを聞いた夏木は、首を何度も横に振ると語勢を強めた。

「人が三人以上集まれば、そこには自然発生的にリーダーが生まれるものなんだよ。実質的な現場扇動者を確定しておけばいいんだ。証拠収集を厳正に行うことが重要だ。恐らく奴らは無言で通そうとするだろうが、どういう形でスタートして、どっちに行って、どう解散するか、それは必ずリーダーが指示を出すだろう。そのリーダーだけは公安部で完璧に把握してくれ。世界中のインターネット犯罪捜査チームが注目していると思ってほしい。今回の実態把握に関しては非合法を厭わない。万全を期すように」

　夏木の指示を受けた麦島は、すぐに捜査員の招集準備を始めた。

アムニマウスのオフ会当日、新宿警察署新宿駅東口分室には三百三十人の捜査員が集合していた。捜査員は集合時にはすでに撮影班、画像分析班、音声収録班、防犯カメラ画像収集班、行動確認指定班、行動確認班、連絡班に任務が分担されていた。所轄は全員が行動確認班だった。オフ会がどのくらいの時間開催されるのかも全く不明である。すでに先着している撮影班が画像を送り始めている。

行動確認指定班の担当主任である石塚《いしづか》が指示を出した。

「一方面から順次、割り振りを行います。今回は参加者の服装が極めてよく似ているので、現場でももう一度確認をお願いします。行動確認指定班も画像指定をお願いします。麴町《こうじまち》さん、この男に付いて特徴を覚えてください。それから、奴らが配布したチラシは担当行確員が必ず一枚受領しておくように」

所轄の建制順に行動確認対象者の画像をプリントアウトしたものを順次渡していった。画像解析ソフトで参加者に符号が付けられ、これに行確員とその所属が次々に割り振られていく。チラシの受領は指紋を採取するためだった。

「主要メンバーには本部員も重複指定しておくかな」

現場指揮者である警部の芳本《よしもと》が言った。

予定の時間に集合したのは百一人だった。全員が仮面を着けていた。

「異様な感じだな」

芳本は溜息を吐いた。

「こいつらの中に、どれだけ本物のハッカーがいるんですかね」

石塚も首を傾げる。

「すぐにわかるさ。行確で落とさなければな」

今回の行動確認のように、相手が命懸けの敵対組織ではない場合、自ら追尾を中止する「脱尾」はありえない。

このため招集された捜査員は、ピッキングキットや小型強力ニッパーなど、鍵やチェーンを破壊できる小道具を全員が用意していた。

「追尾指定の確認完了」

「了解。本部員の重複指定を始めてくれ。今回は一人たりとも落としてはならないんだ」

石塚はモニターに映っている若い男を指し示すと芳本に言った。

「今、新宿駅改札の防犯カメラをチェックしていますが、おそらくこの男がリーダーと思われます」

「防犯カメラに映った素顔を見せてくれ」

芳本は大きく映し出されたそれぞれの男女の顔を注視した。

「二十四、五歳というところかな」

「免本に確認を取ってみますか」

「そうだな。一応取っておこう」

免本、交通部運転免許本部では、運転免許証に載った写真画像データが保管されているため、彼らが免許証を持っていれば照合が可能だった。

「この三人とコンタクトを取っている奴には全員、本部員の行確員を付けてくれ」

芳本が指示を出した。

オフ会参加者は約一時間半の間、新宿駅東口ロータリーから新宿通りを新宿御苑前まで、時折チラシを通行人に渡しながらゴミ拾いを続けた。

テレビ局をはじめ多くのマスコミ関係者が彼らに並んで取材していた。質問に答える者は数少なかったが、中には注目されることが嬉しいのだろう、チラシを渡しながら取材に応じる者もいた。仲間同士で連絡先の交換をする者も多く見られた。

彼らの一挙手一投足を撮影班がチェックしていた。

新宿御苑の大木戸門で集団は歩みを止めた。

「お疲れ様でした。以後はまた連絡を取り合いましょう」

一人のリーダーと思しき若い男がそう告げると、烏合の衆は三々五々に散っていった。

数人の男が解散と同時に東京メトロ新宿御苑前駅に向かって走り出した。行確員もすぐに後に続いた。目立たぬように二手に分かれている。

「一応追尾を気にしている奴もいるというわけか」

分室内の仮指揮所でモニターを見ていた芳本が笑った。

「捕捉は容易でしょう。普段は極左暴力団を追っかけているわけですから」

リーダーと見られる男は新宿から小田急線に乗り成城学園前で降りると、急ぎ足で改札を出た。行動確認班の若い巡査、須崎《すざき》と巡査部長の本村《もとむら》もこれに続いた。男は黒いジーンズのポケットに手を突っ込んで早足で駅の裏へ回った。

その姿を視界に捕えながら須崎は本村に囁いた。

「あいつ駐車場に向かっているんですね。バイクかな」

本村は辺りを見渡した。

「仕方ないな、こちらも急いで調達するしかない」

須崎はリュックサックから工作用のハサミを取り出し周囲を見回しながら目当て

のバイクを探し始めた。やがて丁度良い大きさの一台を見つけ、バイクのエンジンスタートの鍵穴にハサミを差し込んだ。これを時計回りに回すと、すぐにエンジンが掛かった。

「一台ゲットです」

「よし。俺はこれにするかな」

本村も近くに止めてあったバイクの鍵穴をこじあけた。シートの下からヘルメットを取り出す。この間わずか三十秒の出来事だった。

「さすがに長さん早いですね」

「お前、ノーヘルじゃだめだぞ。そこに引っ掛けてあるやつをもらってこい」

警察では巡査部長の階級にあたる者に対して親しみを込めて「長さん」と呼んでいる。

「すみません」

須崎はバイクの横にチェーンで結ばれていたヘルメットを小型のニッパーで外して被った。

「奴だ」

バイクに乗った黒いTシャツの痩せた男が駐車場を出て行った。本村と須崎は目で合図をした。

「この時期にこんな服装を指定すること自体、頭が悪いよな。夏に上下黒なんて目立つ格好して。パソコンのセキュリティーは詳しいのかも知れないが、外には出たことがないんじゃないか」

二人は男のバイクを追い始めた。間には乗用車を一台挟んでいる。時折、本村が須崎の真横に来て交代のサインを出すと、須崎は本村の後方に回った。成城のお屋敷を横目で見ながら男の後を走る。バイクのナンバーも写真撮影とともに備忘録に控えていた。

追尾の時間はわずか五分だった。都内でも有数の高級住宅街の中で一際目立つ大きな一戸建ての中に男は入っていった。

「大金持ちのボンボンですかね」

須崎は敷地の広さに驚いたようだ。

「表札は『高倉《たかくら》』か……成城PSに電話して受け持ちのPBと、ここからの行先をきいてくれ」

須崎はリュックの中から携帯電話に似たPフォンを取り出すと電源を入れた。この段階で本部でも須崎の所在地が確認される。

「受け持ちは駐在だそうです」

警察署では管内をいくつかの地域に分け、その拠点として交番、もしくは駐在所を置いている。交番は地域係警察官が交代で守るが、駐在所には住込みの警察官、「駐在さん」が勤務している。

駐在所の所在地を確認して二人はバイクを発進させた。

「すみません。簿冊を見せていただきたいのですが」

奥から出て来たのは恰幅のいい駐在だった。小岩《こいわ》と名乗ったその駐在は、過去に刑事を経験したこともあると自己紹介した。本村は小岩に警察手帳を見せた。

「ご用件は？」

小岩は穏やかな声で言った。

「成城六丁目××番の高倉さんのことでして」

「何かあったんですか」

小岩の顔が陰った。

「あのお宅に二十代後半くらいの息子さんはいらっしゃいますか」

「あそこは三人兄弟ですよ。みな歳も近かったはずです。ちょっと待ってください」

外気は三十度を超えていた。ヘルメットを取った須崎の頭から、大粒の汗がしたたっている。出された麦茶は香ばしい味わいがした。須崎は注いでもらった二杯目の麦茶も一気に飲み干してしまった。小岩の妻と思われる中年の女性は、目じりに皺を寄せながらやかんを傾けると三杯目の麦茶をコップに注いだ。

そこへ小岩が簿冊を手に現れた。

「これが高倉家のカードです。ご主人はサミー電機の社長、高倉博之《ひろゆき》さんですよ。今、サミーもサイバーテロを受けて大変そうですが」

サミー電機英国販売代理店、サミーエレクトリック社のデータベースが何者かに攻撃され、社員及びディーラーや顧客の個人情報が、大量に流出する事件が起きたばかりだった。漏洩した情報はメールアドレスやパスワードに留まらず、住所や電話番号まで含まれていた。このためスコットランドヤードと警視庁公安部は共同捜査を行っていた。

「あのサミーの……。本社がうちの管轄にありますので、部内にも捜査に出ている者がいますよ」

「高倉さんのお子さんが何かやったのですか」

「まあ、ちょっとした集会に参加されましてね」

「ここまで追っかけてこられた」

小岩は鋭かった。須崎はカードに記された内容を備忘録にメモしていた。

本村はバッグからデジタルカメラを取り出して、小岩に撮影画像を見せた。

「カードによると、長男の真之《まさゆき》が二十九、次男の尚之《なおゆき》が二十七、末っ子の俊之《としゆき》は二十六と歳の近い兄弟ですが、この画像の男は誰か分かりますか」

「俊之君ですよ」

思わぬ即答に本村と須崎は顔を見合わせた。その様子を見た小岩は笑みを浮かべた。

「私はこの地域の住人の顔と名前は、だいたいわかりますよ。九割程度の方と一度は面談していいます。過去に痛ましい事件もありましたからね」

本村は感心しながら頷いた。小岩はさらに続ける。

「彼はサミーで働いていたはずです」

「父親の会社に拾われたわけですか。長男は銀行員、次男は経産省の役人、そして末っ子は落ちこぼれたと」

「いや、とんでもない。俊之君はコンピューターの知識が尋常ではなく、三人の息子の中で一番の秀才だとお父様も仰っていましたよ」

本村は意外そうに頷いていたが、ふと思い出したように言った。

「ところで駐在さん。このヘルメットと、あちらに止めてあるバイクなんですが、成城学園前駅北口の路上からお借りしたんですよ」

小岩は目を細めた。

「分かりました。では、北口PBに一旦連絡を入れてから、遺留品発見届を作っておきますよ」

本村は須崎に指紋を拭き取るよう指示を出した。

「お手数をお掛けして申し訳ありません」


翌日、本村と須崎の調査結果はすぐに上の耳に入れられた。

ハイテク担当管理官の麦島は、公総課長の夏木のデスク前で報告を行っていた。オフ会の翌日の晩には参加者百一人全ての人定事項が把握されていたのである。

「現在、参加者のパソコンチェックを進めております。今週いっぱいで、今回のオフ会の全容がほぼ明らかになるかと思います」

「パソコンのプロテクトは崩せるんだな？」

「相当ハイレベルなプロテクトをかけている奴が多いですが、なんとか入り込むまでです」

「巧くやってくれ」

公安部ハイテク捜査班は、参加者のパソコンのＩＰアドレスを確認すると、インターネット経由でそれぞれのパソコンに侵入し、通信記録を抜き取った。

オフ会の二日後の昼過ぎ、公安部ハイテク捜査班の四人が、成城の高倉邸の門をくぐった。家の中を調べる口実は何でもよかった。

呼び鈴を鳴らすと家政婦が出て来た。

「旦那様から連絡を受けております。奥様は外出中で、私が立ち会うように申し付かっております」

「さっそくですが、まずこのお宅には何本の電話回線がつながっているかおわかりですか」

「はい。お坊ちゃまに確認したところでは、電話とファックスそれぞれ二本の合計四本だそうです」

「ファックスが二本ですか？」

「何でも一つは受信専用とやらで、もう一つは緊急連絡用とのことです」

家政婦は、はきはきと対応した。

「なるほど、大手会社社長さんのお宅ともなると危機管理がしっかりしていらっしゃいますね」

会社にとって重要な案件が発生した場合、受信専用と発信専用を分離することで情報伝達がスムーズに行われるからだ。

「私には何のことやらさっぱり」

家政婦は微笑みながら顔の前で手を振った。

「インターネット等の接続が可能なパソコンは何台おありか、伺っておられますか？　できれば電話回線なのか、電力回線なのか、ケーブルテレビ回線なのかもわかるとありがたいのですが」

「はい、それぞれ伺っております」

「では各パソコンの設置場所へご案内いただけますでしょうか」

「ええ……母屋はよろしいのですが、三男の俊之さんの部屋だけは離れになっていて、入ることができないんです」

「ご三男の部屋は外から他の回線がないかどうかだけ見せていただくことにしましょう。その他のパソコンについては、置かれている場所にご案内いただけますか」

「それなら結構ですよ。では、先に離れから」

芝生が広がる。

五人はリビングから庭に出た。ゴルフ場のグリーンのように手入れの行き届いた芝生が広がる。

「広いお庭ですね。ちなみにこのお屋敷は何坪くらいあるんですか」

「七百坪です。この一帯は一区画三百五十坪で売り出されたそうなんですが、先代が二区画お買いになったと聞いております」

「なるほど。私の家が二十軒建つわけか」

家政婦は真顔で言った。

「でも、旦那様はこのお家が少し窮屈だと仰っています。イギリスにお持ちのお屋敷は五千坪あるそうですから。その他に、アメリカのサンフランシスコとハワイにも別荘をお持ちなんですよ。それぞれ数千坪あるご様子です」

もはや自分の家がいくつ建つのか計算することもできなかった。

庭の奥まで歩くと離れがあった。孟宗竹《もうそうちく》に囲まれた立派な平屋である。

「これがご三男の離れですか」

「はい。発電施設が必要ということで、ここは別に電気を引いているんです」

サイバー犯罪対策課の四人組は二手に分かれることにした。

「では我々は二チームに分かれたいと思います。私とこちらの捜査員とで、電気回りと発電施設だけ確認させていただきます。こちらの二名に、母屋にあるパソコンを見せていただきたくお願いいたします。少しでも時間の短縮になれば」

家政婦はこれに同意すると、二人の捜査員を離れに残して母屋へ引き返した。

離れに残った二人の捜査員は、慎重に建物の外周を調査した。外部から電気が届いていることは明らかで、光ケーブルも含まれている様子だった。入口は表と裏にあり、表口は電子ロックの二重鍵が設置されている。裏口は通常のシリンダー錠のように見えるが、鍵穴付近にはカバーが取り付けられていた。

「入口から堂々と入るのは難しそうですね」

ある壁面に下窓がついていた。わずかにサッシ戸が開いている。

「あそこから入れますかね？」

「トイレかな」

「私は何とか入れそうですが、足跡を残さないようにしなければいけません」

「それと指紋、毛髪もだ」

二人の捜査員はサッシ戸を外側から二枚外した。小柄な捜査員が足から体を滑り込ませる。尻まわりにナイロン素材のシートを巻きつけていたので滑るように侵入を果たした。

「裏口を開けますので、回ってください」――ドアが音をたてて開いた。

捜査員は室内を静かに歩いて回った。

「几帳面な性格のようですね」

コンピューターが置かれた部屋は整然と片付いていた。

サーバ、外付けハードディスク、コンピューターの配線と電源、光電話、ワイヤレスネットワークの接続環境を確認していく。

俊之のパソコンからハードディスクを抜き取った。パスワード解読ソフトを入れた公安部のパソコンを接続する。俊之のパソコンの電源を入れると、画面に「0」と「1」の数字が躍り出した。

「十六桁を二つですよ。覚えるのも大変だ」

パスワードを解析しながら捜査員の一人が言った。

「よし、わかったぞ。そのまま俊之のコンピューターにつないで……さてと、立ち上げてみるか」

すると自動的にパスワードが解かれていき、スタート画面が現れた。

「ここでもう一回パスワードか」

もう一人の捜査員がハードディスクを調べながら言った。

「これはNASAの形式と同じじゃないか」

「よく似てはいますが、少し変更を加えていますね。この仮想ディスクは日本製で、サムクリプタと言われるものですね」

「元祖仮想ディスクか」

「はい、その進化版ですね。でも構造がサムクリプタと同じですから、ここをいじくれば……ほら、開きました」

「たいしたもんだな。お前が敵じゃなくてよかったよ」

二人は同時進行でメール環境とネット環境の解析を始めた。

「コマンドプロンプトまで隠していやがった。IPアドレス確認――ハッキング用のスパイチップを取りつけます」

「バレないかな」

「今のところCIAも気づいていないくらいですから大丈夫でしょう。もし、気づいたとしても最初から混入していたと思うんじゃないでしょうか」

アメリカでスパイチップの解明に最も力を入れているのがNASAとCIAである。両者は相互に情報交換を行いながら、その精度を高めていた。

「俊之坊やはいったい一日に何通やりとりしてるんだ。ネット上のお仲間と秒刻みで交信しているな。お仲間といっても、顔もしらない連中ばかりなのだろうが」

約三十分かけて俊之のパソコンとサーバを調べ上げた。

「これ、もう取っていいですよね」

「いい汗かいたな」

二人は、シャワーキャップと足カバーを外した。ビニールの内側には水滴がついていた。

母屋へ戻ると、先に入っていたチームが社長の書斎のパソコンを調べているところだった。

「これは……」

パソコンの裏蓋を開けた捜査員が息を呑んだ。そこにはスパイチップが巧みに取り付けられていた。

「このパソコンからデータが盗まれ、どこかに送られていたんだ」

スパイチップがつながる回路を見ると、かつてアメリカからスパイ容疑を掛けられて追放された中国の電子機器企業「三世電子《さんせい》」製のものであることが分かった。

「サミー電機は三世電子とは取引がないはずですし、誰かがこれを仕込んだことは明らかです。購入の経緯と設置状況を社長に直接話を聞く必要がありますね」

捜査員たちは互いに頷き合った。

*

東京新宿でアムニマウスが集会を行ったころ、アメリカの政府各機関、軍、基幹産業はそれぞれが運営するコンピューターシステムへのサイバー攻撃に頭を悩ませていた。

ホワイトハウスのスポークスマンは、その攻撃が中国海南省海南島にある軍事基地からのものであると発表した。そしてそのIPアドレスから、発信源は「南海テレスコープ」と断定された。南海テレスコープとは事実上、「陸水信号部隊」と同一である。陸水信号部隊は、中国人民解放軍総参謀部第三部指揮下で育成されたサイバー戦争用部隊だ。

そしてついに攻撃の矛先は日本の政府機関に向き始めた。

警備局長室を押小路が訪ねていた。本来ならば課報課長が報告を挙げるのは警察庁長官だけだったが、今回の事件は国会対応の必要性から、課報課と警備局は綿密に連絡を取り合っていた。

「根本局長、紅客連盟の連中がまた動き始めているようです」

「ターゲットはどこなんだ」

「自衛隊と海保です」

「尖閣がらみか……」

中国国内では反日デモが各地で起きた。デモの扇動役となったのは若い紅客連盟たちだった。

根本は、頻発している日本政府に対するハッキング攻撃の捜査を警視庁公安部に進めさせていた。

「デモも続いているようだしな」

「はい。まあ、いつものプレイとでも申しましょうか、中国政府が国内のガス抜きとしてやらせている部分もありますからね」

「中国の放送局の中には、反日ドラマや反日報道ばかりを二十四時間流しているチャンネルが三つはあるからな。反日だけが中国一般庶民の心の拠り所なんだから仕方ない面もある。ただ、その矛先が日本国内に向けられるとなると話は別だ。サイバー対策のエージェントは誰だったかな」

根本が名前を思い出せないでいると、押小路が言った。

「すでに岡林剛が向こうで動いております」

「おお、あの変わり者の冷血漢か。深圳のレセプション会場でも派手にやったらしいな」

根本が顔を綻《ほころ》ばせると押小路も笑った。

「元キャリアなんですがね。中国武術の世界チャンプなので、あっちでは先生と呼ばれて大歓待されるのです。警察籍はすでに抜いておりますし、警察庁の人事データからも抹消された男です。わが諜報課が誇るトップエージェントの一人ですよ」

それを聞いて根本はしたり顔だった。

「おい、あいつを警察庁にリクルートしたのは俺なんだぞ」

押小路は目を丸くした。

「本当ですか？　ずいぶん年次が離れていらっしゃいますが」

「俺とあいつの兄貴は大学の同窓だ。兄貴は一回り以上歳が離れた弟のことを可愛がっていたよ。本当に変な奴なんだってな。地方の大病院のボンボンで、頭もいい、顔だって悪くない。でも昔から、からっきし駄目だった。そっちだけはな」

根本がにんまりと笑うと押小路は声を落とした。

「……女、ですか」

　根本はうんうんと頷く。

「昔から女嫌いだとか、男が好きなんじゃないか、なんて言われていたよ。まあ、一つは性格だな。女の少しでも嫌なところを見つけると、全く口をきかなくなるそうだ。完璧主義を人間に求めちゃだめなんだが、あいつはそれを分かろうともしなかった。だから部下にも慕《した》われない。一匹狼が奴の身上だな」

「それでこの道を選んだのでしょうか。エージェントになるために生まれてきたような男ですよ。冷酷なところもピッタリです」

「誰が言ったのか、あいつは人を殺すとき顔に微笑みを浮かべるらしい」

「奴らしい噂ですね」

　岡林はまた中国武術の達人であるだけでなく、射撃の名手でもあった。

「昔、県警からライフルでオリンピック出場を決めた選手がいたんだ。岡林は県警警務部長だった時で、その選手は彼の直属の部下だった。岡林は大人気なく、部下に真剣勝負を挑んだ。警察の射場は標的までの距離が二十三メートルしかないが、オリンピックでは五十メートルだ。岡林はわざわざ射場にオリンピックと同じ距離の標的を造らせた。馬鹿なやつだろう」

　押小路は肩を揺らして笑った。

「その話は私もどこかで。岡林は『撃ち方始め！』の号令がかかって数十秒後に三発ど真ん中に撃ち込んでしまったとか。代表に選ばれた男は、哀れにも的外れな弾しか撃てなかったと聞きましたね。変わり者の上司に完全にペースを持っていかれたのでしょう」

「その後、オリンピック予選敗退の報が届くと、岡林は『射撃は殺すか殺されるかという状況を想像できるかどうかで決まる。いくら腕を磨いてもだめだ、あいつには想像力がない』と言ったらしい」

県警本部を経て、岡林はＦＢＩ研修に派遣された。日本人にしては珍しく銃に親しみ、何人もの凶悪犯を射殺したとの報告が警備局に届いた。

根本は懐かしそうな顔をして更に言った。

「以前、岡林を一等書記官としてイギリスに赴任させた時のことだ。海外行きが決定した時、俺はあいつに尋ねた。向こうに行って最初にやるべきことは何だと思うか、とね。そしたら岡林は、その国の歴史の教科書を読み、高校大学におけるディベートの学習方法を学ぶことです、と答えたよ。こりゃ大物だなと思ったな」

押小路も感心して同意した。

「なるほど。その二つは現地を知る上で大事なポイントかも知れませんね」

「その後、中国に行ったあいつは驚いた様子で報告して来た。歴史教科書はその内容の七割が近現代史で占められていて、特に清朝後半の列強からの侵略を受けた屈辱的な部分と、日清戦争以後の抗日活動に重きが置かれているってね。戦争の記述に関しては、史実とは関係のない写真を意図的に置いて列強の残虐さを煽ったページもあったようだ」

「さもありなんですね」

「中国のディベート教育はすごいぞ。子供のうちから、ディベートの評価をする教師に、親が金を配って買収する場面を見て育つんだ。教育現場では裏金が横行しているとな。成績は金次第だと」

「岡林は警察大学校でも、仲間を次々に論破することで有名でした。ある論点に対して是と非どちらに立たせても、完璧な論理を展開できる頭脳があるんです」

「議会や国際交渉では強かったからな」

「馴れ合いを嫌うあまり、いつの間にか冷血漢のようなイメージが定着してしまいましたが、ああいう男こそエージェントに向いていると思いますよ」

オメガという組織があってよかった、と根本は感じていた。

退官する直前、岡林は増えつつある中国のサイバー攻撃に強い警戒心を抱いていたという。中国サイバー軍の攻撃は我が国への宣戦布告であり、こちらは防衛ではなく積極的に仕掛けていくべきだと主張していた。

「警察を辞めたと聞いて、私はすかさず彼をオメガ北京支局にスカウトしました。形としてはうちのダミー会社の社員ですけれどね。これを持って北京に行ってくれないかと言って、真新しいパスポートと二枚のブラッククレジットカードを渡しました」

「あの変わり者が暴走して国際紛争を起こさないよう、しっかり手綱を握っておいてくれ」

押小路は頭を深くさげて退室した。

＊

岡林は海南島の調査から戻ると、オメガ香港分室に顔を出した。土田が出迎えた。

「以前北京支局で組んだことがあったね。土田さんはコンピューターのプロで、ずいぶん助けられたよ」

岡林は少年のような顔をした土田を見た。三十代半ばの土田だがキャップでもかぶれば学生で通せそうだ。

「高校の頃からパソコンいじりばかりやっていましたから」

磨りガラスのパーテーションで区切られている土田のブースで二人は向かい合っていた。所狭しと置かれているハイテク機器だけでも数千万円は下らないだろう。パーツを独自に組み合わせて土田が作った機械もある。

「これはパソコンの転送装置だね」

「そうです。ここにあるパソコンから、中国政府機関のコンピューターへ侵入したりはしません。紅客連盟のものなど、いくつかのコンピューターへデータを転送するのです。発信元がここだとは容易に特定できないでしょう。途中、外国の通信衛星もかませていますから」

岡林は小さく溜息をついた。

「外国の通信衛星？」

「極めて高度なセキュリティーを掛けられた、国家機密の衛星です」

「よくそんな衛星を使用できるな」

土田はえくぼをつくった。

「その部品を作っているのが日本の企業だから可能なのです。テルコのような最大手が作った製品と違い、極めてマニアックな仕様でして」

「その企業にも君の協力者がいるのか？」

そこまで淡々と説明していた土田はニヤリと笑って首を振った。

「公安部が持っているダミー会社なんです。アストロドリームですよ。ご存じありませんか」

「人工衛星をロシアで打ち上げている、あの会社か」

課報課と同じく、警視庁公安部は様々な業界にダミー会社を持っていた。かつてはデモや集会に参加するなど表で活動していた極左の活動家は、八〇年代には次々に地下に潜り非公然活動を行うようになっていた。非公然活動家の多くは理工系の大学出身者で、専門知識を活かして警察無線の盗聴や電波妨害、爆弾さえ製造した。彼らを摘発するために設けられたのがダミー会社である。

ダミー会社の中には、ハイレベルな研究で知られる特殊技能をもった会社がいくつもあった。アストロドリーム社もその一つである。人工衛星や特殊通信機器を設計、製作し、海外企業からもコンタクトがあった。特に人工衛星の軌道修正技術と自動転送システムを組み合わせた通信衛星技術は、アメリカなど多くの国がもつスパイ衛星に活用されていた。当然ながら共産主義国家に加え、日本国との間で領土問題が残るロシアや韓国とは取り引きしていない。

土田はこのアストロドリーム社の業務部長を兼務していた。

「今アストロドリームには何人くらいの社員がいるんだ」

「社員数は現在三十五人です」

「全員が公安部員なのか」

岡林は馴染みのない話を興味深く聞いた。

「とんでもない。公安部にはそんなにたくさん、優秀な技術者はいませんよ。部員は五人です。彼らは特別枠で採用したハイテク捜査員で、ＮＡＳＡとも専門知識を交換し合うほどの凄腕の技術者なんですよ。アストロドリームとは、中国国内で作られたコンピューターウィルスの解析と発信源を共同して調査しているんです」

「ネットセキュリティーの最大の敵はウィルスだからな。これを作るやつを見つけないとな」

「年間数人は消えてもらっていますけどね」

「消えてもらうって……どうやって」

さすがの岡林も平然と言ってのける土田に驚いた。

「ほとんどが火事で死んでいますよ。コンピューターもろともです」

岡林はこの若い土田という男の存在を頼もしく思った。

「日本の行政も最近、中国からサイバー攻撃をくらっているよな。先日海南島に入って、軽く調査してきたんだ。一連の攻撃は、あの島を拠点とした中国人民解放軍サイバー部隊によるものと断定できるな。軍に入隊した紅客が興奮して暴れているようだ」

「ええ、本当に困ったものですね」

「もう少し突っ込んだ調査が必要だと思ってね。つまりは基地に潜入したいんだ」

土田は親指を立て了解です、と言った。

「まず現場画像をご覧になりますか？　すでに海南島の中国人民解放軍基地を二十四時間監視していますし、赤外線暗視で奴らの動きもチェックできています。そこにいる紅客《ホンケ》の連中の面は割れていますよ」

「アストロドリームの衛星だな」

「世界に誇る高性能レンズを持った衛星ですから、平和利用すれば気象予測なども格段に進歩するのでしょうが、我々はそんなにお人好しじゃありません。テキントとしては世界最高精度の画像を撮ることができますよ。もっとも、テキントに頼りすぎると、ヒューミント（human intelligence）が疎かになってしまいますから注意が必要です。オメガの持ち味は、なんといってもヒューミントにあると自負しています。近年CIAの体力が落ちたと言われる原因は、テキント偏重の情報収集にあるのでしょう」

土田はノートパソコンを開いた。指紋認証とパスワード入力を経てトップ画面を立ち上げ、ネット回線に繋ぐ。するとグーグルマップとは異なる詳細地図が現れ、画面を切り替えると風景写真が映し出された。画面をスクロールしながら土田は言った。

「これは一時間前の画像です。リアルタイムのものは現在のカメラの方向を確認しなければなりません。東アジアなら、リアルタイムの映像は簡単なコマンド一本で入手できます。ちなみに北朝鮮の詳細地図と風景画像はこんな感じです」

北朝鮮の地図は一般的には公開されておらず、グーグルマップでは多くの部分が真っ白になっている。岡林は目を細めて画面を覗き込んだ。

「北朝鮮の高官がこの地図を見たら、度胆を抜かすんじゃないか。招待所や原子力施設、地下核施設までのっているぞ」

土田は笑いながら地図を南シナ海方向にスクロールした。

「海南島を見てみましょうか」

海南島の最南端、三亜市の東に広がるのが亜龍湾《ありゅう》だ。南シナ海に向かって開けた海岸線に沿って高級ホテルが並ぶ。それぞれのホテルが所有するプールの形までよく見えた。

ホテルが並ぶ場所から真東に画面を動かした。少し離れた地点に全長二キロメートルほどの桟橋が二本伸びており、その先にフリゲート艦らしき軍艦が四隻停泊しているのが分かった。

「この基地は陸と海が共同して保有しているのだろう」

「建物のここを見てください」

土田は建物の画像を拡大表示させ、建物が二つに分かれていることを示した。別の二棟が合体したような外観だった。

「もう少しズームアップしてみましょう。ほら、こちら側にいるのは海軍の軍服姿で、こちら側には、陸軍の軍服とTシャツ姿の若い連中がいるのが見えますよね。Tシャツを着ているのが紅客のクラッカー連中だと思います。籍は陸軍にあるようです」

「リゾート地から基地までは道路が通っているのか」

岡林が航空写真で見える道路を指示しながら言った。

「この道路の左右には地雷が埋められ、センサーも動いています。一般人が近づいた段階で、軍もしくは公安にマークされるでしょう」

岡林は画像をズームアップした。道路には大小の石にまじって、地雷とわかる工作物が覗いていた。岡林は低く唸った。

「衛星写真画像がこれほどクリアだとはな。人の顔の判別など朝飯前だ」

「タバコの銘柄まで読み取れる精度です」

衛星写真のデジタル倍率と画像解析技術は驚くべきレベルだった。仮に衛星が、特定人物を認識すれば、自動追跡装置によってその人物が世界中どこへ行こうが居場所を特定できるのだ。

土田は誇らしげに言った。

「ハッブル宇宙望遠鏡にいくつかの画像解析装置とコンピューターを接続したと思ってください。銀河系の先の先を映し出す技術を、地球上に応用したイメージです」

岡林は落ち着いていた。

「原子力に限らず、世の中には平和利用されなければ、とんでもないことを引き起こす技術がたくさんあるんだな。人間が長い歴史の中で勝ち取った人権や自由というものが、一瞬で無効になるような。今という時代の恐ろしさを感じるよ」

　土田も恐らくそう感じているのだろう、神妙な顔になった。

「ところでこの基地に侵入するとしたら、やはり海からだろうか」

　岡林の問いに土田は即答した。

「私もそう考えます。偽装漁船を一隻用意しておけば、何とか逃げ切れるのではないでしょうか。ただし最近、高速警備艇《てい》の性能が格段に上がったらしいんです。詳細を把握していないのですが、ちょっとあのスピードは脅威ですね」

「なるほど。実は次回海南島へ行ったときに、その高速警備艇に乗せてもらおうと思っているんだ。現地の間抜けな公安署長を唆してな。まあ、作戦を詰めるのは乗って感触を確かめてからにする。その偽装漁船について詳しく頼む」

「船倉まで手入れを受けても大丈夫なよう、改良を加えた四人乗りの漁船です。オメガ所有のものがマカオに一艘ありまして。スピードという弱点はありますが、偽装は完璧ですよ。地元の漁師も誰一人疑っていませんからね」

　小気味よさそうに土田はくっと笑った。

「中国は交通網が実に頼りないし、軍と公安当局による道路網の遮断が実に迅速に行われるんです。ですから、逃走に最も適したものは船でしょう。破壊工作を行う場合、仕掛けて爆破するまでに最低でも三時間が必要です。作業を終えたあとは気も緩みがちですので、初めから確実な逃走手段を確保しておかないといけませんよね」

「乗り物ならなんでもござれか」

「飛行機以外なら、だいたい用意できますから」

これが諜報の世界なのだ。

「オメガのチームメイトということで、よろしく頼む。お互い助け合っていこう。この広大な国の中で日本のために体を張っている数少ない仲間だからな」

「もちろんです。心強く思います」

土田は岡林を信頼していた。

「現時点でこの基地には約千人の紅客がいる。大半は消えてもらいたいよな。あとは設備だ。ついでにフリゲート艦の一、二隻でも沈めておけば、彼らだって当座の活動はブレーキをかけざるを得ない」

「いえ、沈めてしまうと後々の警備が厳しくなり面倒ですし、軍や公安も威信をかけた捜査をするでしょう。船を狙うのなら、数週間ドックに入れて修理すれば済む程度の損傷がベストだと思います」

土田のアドバイスに岡林は納得するように頷いた。

どんな破壊工作のプロでも敵の急所を的確に攻撃できるとは限らない。また、これほど重要な軍事基地であれば、敵方も相当なプロテクトに加えて、いくつかのダミーを設置していることも考えられた。

「図上訓練だけではだめだな。海岸線にどれだけのトラップが仕掛けられているかも分からない。訓練したイルカを使った現場実査でもするか。今回の作戦には些細なミスも許されないからな」

土田も言った。

「イルカたちには、国を守る礎《いしずえ》になってもらいましょう」

「世界中の製薬会社が動物実験をしているのと同じだからな」

イルカの中には陸に乗り上げても体をバネのように折り曲げて弾ませ、水中に戻ることができる個体がいる。水族館で行われる曲芸でも見られる光景だ。シャチは海から陸上の動物をアタックすることもできる。現場実査では、イルカを海岸の砂地にスライディングさせればいい。

「彼らは本能的に陸に上がる知恵を持っている。この習性に恃むまでだ。その筋に手配しておいてくれないか」

「イルカは賢いですし、訓練現場を見ると可愛くなってしまうのがつらいですが」

エージェントに温情は無用だ。

「牛や豚のことを考えてみろ。殺され、切って焼かれて食われる。野蛮な行為と言われようと、人は殺生《せっしょう》をしなければ生きていけない。野菜だって生き物だ。リンゴや梨の木は、人の都合がいいようにねじり曲げられ、切られ、刷毛《はけ》を使って無理やり受粉させられる。人間は勝手な生き物なのさ」

「殺生をしないと生きていけない動物ですね――人間界でも」

岡林はその言葉を否定せず黙った。

殺生――個人対個人の場合は殺人罪になるが、国家対国家となれば戦争と処理される。現代の戦争の実行部隊の多くは、彼らのようなエージェントだ。宣戦布告もなければ、終結宣言もない。すべて秘密裏である。エージェント同士の戦争では、一般市民を巻き込むことは極力避けるべきであるとされた。悪事を働くターゲットさえ殺めればよい。そこにエージェントの行為を正当化し、罪悪感を消す論理があった。

「我々エージェントには、国家を守るという大義があるからな。敵は確信犯だ。麻薬組織であろうが、マフィアであろうが、サイバー部隊であろうが、彼らは己の行為を悪と知りながら悪に手を染めている。放っておいたら守るべき人間たちに危機が迫る」

「組織化された害虫ということですね」

「一度抹殺して完全に駆除しても、また違う組織や後続が出てくる。さらに悪知恵を絞ってな。これは根比べであり、知恵比べだ」

岡林は若い土田に尋ねた。

「土田君は、国家というものをどう思っている」

口頭試問のような形になったが、土田は嫌な顔もせず即答した。

「人間として地球上で生存するための基軸ですね。それがなければ人は存在できません」

土田の回答は本質を突いていた。

「極東の国家に興味を持った理由は何かな」

「日本の国益を害する可能性が高い国家があるからです。ロシア、中国、南北朝鮮、いずれも正しい歴史教育が行き届かない国家でありながら、近代の歴史のみを理由に領土侵犯を言い出しています。特にロシアと中国は顕著でしょう。韓国の場合は事大主義により日本が甘く見られているんです。政界も財界も」

岡林は面白そうに頷いた。

「韓国に対する見方をもう少し聞きたい」

「韓国経済も、その根幹は脆弱です。もし日本が韓国に対して輸出規制措置を取れば、韓国のあらゆる工業は操業停止状態になるでしょう。自動車、電気機器などほとんどの工業輸出品が生産できない状態に陥ります。領土問題については、韓国は竹島を実効支配しているとして領有権を声高に主張していますが、彼らには何の歴史的証拠もありません。だから国際司法裁判所に対して共同提訴できない」

「韓国と日本の領土問題に中国はどう絡んでいると思う」

岡林は土田にさらに深い質問をした。

「韓国と中国の間にも領有権を巡る争いがあることを忘れてはいけないですね。中国政府はうまいことを言うんです。まず日本との問題を解決してからこちらの問題を検討しましょう、と。そう韓国政府に働きかけているのです。大統領も中国に言われるがままだ」

「その大統領も引退と同時に自国の法的機関に拘束されてしまうのだろうがね。歴代の韓国大統領の中で、引退後平穏な余生を送れた人物は一人もいないからな」

土田は顔を歪めた。

「暗殺か、身柄拘束か、自殺か。これもまた中国同様に権力闘争に明け暮れる、韓国独自の政治体制に、事大主義的な歴史的背景があるからでしょう。政権が変わるとすべてが振り出しへ戻る。外交交渉もゼロからやり直すことになります」

「中国、朝鮮半島で諜報活動を行う場合の、最低限の常識はと聞かれれば何と答える？」

土田は何を最も優先させるべきか考えた。

「すべての根底にあるもの、中国と韓国、北朝鮮の対日感情における共通項を知っておくことではないでしょうか。それは、『日本はかつての侵略者で、我々の共通の敵』という感覚だと思います」

「中国も韓国も歴史時代に入ってから侵略を繰り返された歴史がある、と」

岡林と土田は激しい議論を続けた。

「朝鮮半島は常に中国に日和見外交を行わなければ国家の存在がなかった、悲しい民族国家なのかもしれません。中、韓両国民は、日本が歴史時代に入ってから第二次世界大戦まで、侵略を受けたことがない、アジアで唯一の国家であることに対する、羨望と嫉妬が入り混じった感覚を持っているとも言えます。しかも敗戦国になったにもかかわらず、アメリカの庇護の下で急速に経済発展し、短期間のうちにアジアのリーダーとなってしまったのですから」

土田は顔を紅潮させて持論を語った。その様子を岡林は目を細めて見ていた。

「そんな悲しい国は、ヨーロッパにもたくさんあるような気もする。では、ロシアをどう見ている」

「ロシアは形式的には共産主義を崩壊させましたが、現在の支配層はペレストロイカ時代の支配階級とそれほど変わりません。共産党時代の権力者が堂々と金儲けできる体制に変わっただけです。欺瞞《ぎまん》の中にいる市民は、それに気づいていません。少しでも自分の金を持つことができるようになり、喜んでいる。国家による配給が、給与という名目に変わっただけではないですか。そこに自由はありません」

「なるほど。改めて中国は？」

「この国ほど馬鹿げた国はない。六千万人の共産党員を支えるために残りの十二億人があくせく働いている。共産党員以外が富をもつことはないでしょう。歴史も世界の趨勢《すうせい》も知らないほとんどの国民は、それが現実だとは思いもよらないはずです。日本にとっては、新疆《しんきょう》ウイグル自治区で何が起ころうが、北京や西安で暴動が起きようが直接の影響はありません。ただ、海岸線の都市は違います。大量のボートピープルの発生だけは何としても阻止しなければならないのです。対中国の戦略はそれだけです」

岡林は土田とこれほど深い会話を交わしたのは初めてだった。この知識をいつ彼が得て、自分のものとしたのかを知りたいと思った。

「土田君がそこまでの結論に至った理由は何かな。端緒はどこにあった？　それが今、君の意見を聞いていて私が最も知りたいと思った点だ」

「公安にいた当時、私はある種の挫折感を味わいました。所詮、情報収集と分析だけではこの国は守れないと。ひとつの情報が、国会を通過し具体的な行動に形を変えるまでには膨大な時間がかかります。憲法で交戦権が否定されている以上、これに代わる何らかの手だてがなければ日本国は立ち行かないでしょう。国民も気付き始めています。その証拠に国民の不安感は増していますよね。反戦は確かに結構なことですが、世の中には明らかな悪がある。平和ボケした人たちから、血の気が多いと顰蹙《ひんしゅく》を買おうが構いません。欺瞞の中で過ごすことなんか私にはできませんから」

「その愛国心を忘れるなよ」

岡林は土田がこれまで口に出すことができないほどの厳しい体験を、幾度も重ねてきたのだろうと思った。しかし表情には出さなかった。

第五章　工作

監視衛星は鴨緑江大橋を渡る貨物列車のうち、一車両をマークしていた。この車両の車台と、貨車にはそれぞれ発信器が取り付けてある。

土田が言った。

「僕の協力者《タマ》から、北から運ばれる〝特殊軍事化学原料〟の正体が覚せい剤であることが特定されたと連絡があった。毎月四トン、深圳の工場に運ばれている」

「北にはそんな大規模な工場は見当たらないわよ。いくつかの工場で作られたものが、まとめて運ばれているということはないかしら」

冴子は衛星から送られてくる画像を見ながら言った。

「奴らの秘密工場は基本的に地下に建設されているようだ。ブツは、どこか一ヵ所で作られているはずだ。そうしないと成分にばらつきが出るおそれがあるからね。必ず集中工場がある」

「画像を見ても、それらしき工場はないわ。すると、線路が敷かれていない場所、もしくはトラック輸送ということになるわね」

冴子は長い髪を耳にかけて目を凝らして画像に見入っている。

「鉄道を敷く方が確実に運搬できるよな。覚せい剤の製造は北の国家的事業だ。奴らはそういうところには平気で金をかける」

土田に向き直ると冴子は聞いた。

「いつかは乗り込むんでしょう」

「やるしかないだろうね。ミサイルを海から撃つわけにもいかない。ただ、潜入するにも工場の中までは難しいと思う。地下工場ならばトンネルごと爆破すればいいさ」

冴子はアラブの化学兵器プラントを爆破した時のことを思い出した。アラブと北朝鮮は化学兵器を取り引きしようとしていたのだ。そしてまた、アラブでも国家事業として麻薬の栽培を行っている国があると言われていた。

「トンネルもろとも吹っ飛ばすとなれば、かなりの死人が出るわ」

「そこで働く奴らは確信犯だ。政治犯が強制労働に従事する場所はもっと過酷なところだと思えば、奴らはその何倍も恵まれた暮らしを送ってきたわけだ。お情けは無用、何人死のうが関係ない。奴らが作ったブツでどれだけの人間が被害にあうと思う？　そんな覚せい剤が日本に流れてきた時のことを考えてみろよ。精製技術も設備もこの世から消えてもらった方がいいんだ」

土田の強い語調に気圧《けお》されて冴子は目を瞑った。人を死に至らしめる瞬間を想像した途端、手のひらが汗ばんだ。

「心を鬼にしないとね」

「冴子さんはエージェントだろう。いいか、これは戦争なんだよ。そんな気持ちでは自分が先に殺《や》られるぞ。もちろん人の死など誰も見たくない。だから正確にターゲットに照準を合わせ、無駄な死を招かないよう努めるのが俺たちエージェントの役目だ」

国家間の戦争に至る前の諜報活動は、無益な殺戮を防ぐために行われている。しくじれば、どんな大惨事を引き起こすことになるのか分からない。失敗は許されなかった。チャンスは一度きりだ。ミッションは完遂しなければ、失うものしかない。計画半ばで挫折してしまえば、すべての訓練が水の泡だ。同じ攻撃方法は二度と通用しない。

発信器を付けた四両編成の列車は新義州駅に停車していた。しばらくして四車両のうちある一車両だけ切り離され、小型のディーゼル機関車に接続されると、三十分ほどして発車した。

「何これ？」

冴子が衛星画像を見ながら素っ頓狂な声を上げた。発信器を付けられた貨車が田舎の水田地帯の中を突っ切っていく。急いで画像をズームアップすると、草が生い茂った田んぼの畔道《あぜみち》のようなところに、わずかにレールらしき金属の軌道が見えた。

「こんなところに線路が敷かれていたの……」

列車が通過したコースはＧＰＳと連動するシステムで直ちに地図上に反映された。

「このルート、北に潜入しただけでは気づかなかったかもな」

土田もまた貨車の動きを目で追いながら、その先にある山に注目していた。貨車は駅から十キロ近い距離を真っすぐに北上している。

「この辺りは、確かかつてアヘン地帯と言われていた場所よ」

冴子は思い出すように言った。

「アヘン精製所が看板を掛け替えて、覚せい剤を作るようになったのかな。この先にはパイプラインが通っているはずだよ。そして北側にある山の地下に工場があるに違いない」

「ほら、ここを見て」

冴子が指さしたのは、山の手前にある十数棟の団地だった。周辺には小さくはあるが、商店街のようなものが見えた。

「完全に未把握だったな……。これは高級役人専用のアパートだろう。三階建てなんて豪華じゃないか。もう少し近づくと、作業員の住宅らしい掘立《ほったて》小屋がたくさん見えるな」

山にはほとんど木々がなく、山と平地の境はズームアップしてみなければわからないような場所だった。

近くには川が流れ川辺を背の低い草が覆っている。川の左右には道路が走り、その脇には側溝があった。

「生活用水を流しているのかな」

「下水道かしら」

「ここは文明国家じゃないから、上水道の可能性もある。この川の源流近くには大量の水を必要とする工場があって、そこから大量の汚染水が流れ出ているはずだけどな」

発信器を付けた列車が集落に近づいていく。

「検問所だわ」

列車が外周道路の手前で止まった。画像をズームアップすると、道路が鉄条網で仕切られ、そこには検問所が設けられている。

「ここの存在はＣＩＡも気づいていないと思う。月に一度の運行となれば、よほどの偶然でもなければ見つけることはできないよな」

列車は再び走行を始めた。

「北朝鮮は、ここまで頑張ってレールを敷いたのね。容易に衛星写真に撮られないよう、田んぼにカモフラージュして」

この場所が北朝鮮にとっていかに重要な場所であるかが想像できた。

やがて貨車はスピードを落とすことなく山の中に消えていった。十秒後にはＧＰＳの電波も途絶えた。

「少なくとも二百メートル以上は掘っているな」

「赤外線か超音波レーザーを当ててみる？」

「とりあえずレーザーだな。赤外線は妙なところで感知される危険があるから」

監視衛星の画像モードを超音波発信に連動させる。超音波は、地中にある空洞や工作物を感知して3D画像に変換することができる。レーザーは光線であるため、金属障害物や鏡のような偏光物質に当たると反射、偏光してしまう。だが最新の超音波レーザーであれば、レーザー照射の衝撃によって物体内部に超音波を発生させ、その振動を別のレーザーで読み取ることで、あたかも障害物を通り抜けるように観測できた。この特許を持つのは、公安部が持つダミー会社である。

大型モニターに、地中の解析画面が3Dで現れた。次第に内部構造が明らかになっていく。トンネルの長さは約二百五十メートルだ。その先には高さ三十メートル、幅五十メートルほどの空洞が二キロにわたって続いていた。

「鍾乳洞《しょうにゅうどう》を加工したような感じね」

天井は高く、ところどころに鍾乳石らしい突起がある。

「水も確保されているわけだ。石灰質の水なら濾過も簡単だからな」

「土田さん、本当にいろんなことに詳しいのね」

冴子が腕組みをしながらため息交じりで言った。

「俺は工業高校出身だからな。お勉強はダメだが、実地には強い男と思ってくれたまえ」

土田は九州の地方都市の工業高校を卒業し、警察官になった。福岡県警の試験には落ちたが、なんとか第二希望の警視庁に滑り込んだのだ。

工業高校時代、土田はコンピューターに興味を持つと、英語の資料を取り寄せて独学に励んだ。興味があることに関しては追求しなければ気が済まない性質で、他のことは放り出してコンピューターに没頭した。国立高専への転校も勧められたが、土田は早く社会人になりたかった。

「中途半端な普通科なんかより、よっぽど専門的な知識を得られると思うわ」

「まあね。大卒というステータスはこの国にはもうないよ」

「学生は大学受験で全精力を使い果たして、大学では遊び放題みたいね。有名大学卒業といったって、まるで使いものにならない若い子はたくさんいるって」

「冴子さんが卒業した東大でも同じだよな。このカイシャに入って、東大卒のキャリアを何人も見てきたけれど、その中には救いがたいバカもたくさんいた。国家公務員上級や、I種に受かった連中の中には時にとんでもないのがいるからな。民間では完全に外されてしまうような奴でも、公務員社会、中でも警察社会は年次という守り本尊があるから、どんなアホでも本部長になってしまう。そんな奴がトップに就いた道府県警察はかわいそうだ」

「私もいつか身分が古巣に戻った時には、本部長というポジションに就くことになるのね。管理と人事が仕事の中心なんて、すぐに放り出してしまいそうだけど」

土田は笑った。

「キャリアは先輩を追い越すことはできないけど、俺たちノンキャリは努力次第で下剋上《げこくじょう》ができる。やりがいがあるってもんだ」

二人は再びトンネル内の画像に目を向けた。

「それはそうと、どうやって忍び込むかだな」

「危険なミッションね」

「工場内までは入れなくても、トンネル内までは侵入してやるよ」

土田は地図と地下工場の内部構造を確認しながら腕組みをした。そしてチェアーに寄り掛かると、居眠りでもするように目を瞑った。

長い時間、土田は同じ姿勢で沈黙していた。その間冴子は、トンネル内の3D画像をじっと観察した。

突然、土田は目を見開くと、冴子を押しのけてコンピューターのキーボードを打ち始めた。モニターを貨物列車に切り替える。

連結車両を一車両ごとズームアップさせ、詳細に確認し始めた。最長の二十五車両連結、二十車両連結、最後に十八車両連結に目を凝らした。中国と北朝鮮を往復する貨物列車はこの三種の編成しかなかった。

不審な貨車は常に十両目に連結され、その前後には必ず羽毛や繊維製品を積んだ車両が繋げられていた。

「羽毛と繊維製品は何らかの事故が起こった際の緩衝材のつもりなんだろう」

「しかし毎日毎日、運び出すものがあるものだわ。それに比べれば、覚せい剤の運行は月に一度と控えめよね。価格破壊を恐れているのかしら」

「最高級品だろうからな。このブツ以外は、ロシアルートや日本のヤクザルートを使って流しているのだと思う」

冴子は土田に尋ねた。

「いつごろミッションを実施するつもり?」

「明日から現地調査に入る。Xデーは、自分の目で見てこないと決められないよ」

「それもそうね。命懸けのミッションになるけど、土田さんならきっとコンプリートできる」

翌日の夕方には土田は再び丹東市に入った。

今回は三日間、前回と同じ皇冠假日酒店に部屋を取った。総支配人は土田の顔を覚えていた様子で、チェックイン時に顔を出すと部屋に白酒を用意するかどうかを愛想よく聞いてきた。

「今回は遠慮しておく。それより上手なマッサージ嬢はいるかな」

総支配人は丁重に頭を下げる。

「強いマッサージがお好きですか？　それとも柔らかい方を？」

「オイルを使わない柔らかい方がいい」

総支配人は慇懃《いんぎん》に言った。

「最高の者を行かせます。きっとお気に召しますよ」

土田は部屋のキーを受け取ると、最上階のスーペリアスイートダブルに入った。丹東では、このグレードの部屋に一万五千円程度で泊まれる。滅多に使う客はないのだろう。部屋も清潔だ。テーブルには、ウェルカムシャンパンとフルーツが用意されていた。

窓辺に立って双眼鏡をのぞく。鴨緑江大橋の向こうに、北朝鮮市民の姿が見える。

「今回は、すごいデジカメを連れて来たからな」

バッグに忍ばせていたのは、警視庁公安部とカメラメーカーが共同開発したコンパクトなデジタルカメラだった。

このカメラの有効画素数は二千万を超え、三十五ミリフルサイズのＣＭＯＳ（相補性金属酸化膜半導体）イメージセンサーが付いていた。一般的なデジタルカメラがもつセンサーに比べて、約三十五倍の受光部面積を持っている。さらにビデオ撮影も可能な代物だ。またこのカメラに専用赤外線レンズを装着すれば、ナイトスコープにもなった。

午後九時、部屋のドアがノックされた。

「どうぞ、入って」

白のチャイナドレスに身を包んだ清楚なマッサージ嬢が、静かに入室した。支配人から聞いていた時間通りだった。今夜のマッサージ嬢は総支配人の個人的ルートを使って呼んだ様子だ。

土田はそのドレスに包まれた体のラインから目が離せなかった。美しいシルク地のドレスは光沢をたたえ、すぐにでも触れたい衝動に駆られた。

——これは、すごいのが来たな。

海外に行くたびに、現地の玄人女性と関係をもってきた土田だったが、目の前の女はその中でも極めてハイレベルだった。賢そうな広い額にリスのような愛らしい目、筋が通っているが高すぎない鼻、そして何よりも口角がやや上がった薄く小さな唇が土田の好みだった。小さな顔には似合わないボリュームのあるバストとヒップが艶めかしい。

「何時までいられるの」

「明日の午前六時までです。その後タクシーをご用意していただけないでしょうか」

端正な北京語だった。女がそう言う間も、土田はその唇の可愛いらしさに見とれていた。

彼女をソファーに案内し、シャンパンをわざと音を立てて開けた。ウェルカムシャンパンではなく、シャンパーニュ・エドシック・モノポール・ブルー・トップ・ブリュットをフロントに指定し、あらかじめ用意していた。シャンパングラスに薄い琥珀《こはく》色の液体を注ぐ。

「君に出会えたことに」

「あなたにも」

二人は見つめ合いながら乾杯した。

マッサージ嬢にシャンパンを振る舞う客は滅多にいないだろうし、朝まで借り切る客も年数人だろう。今夜は十二分に女を喜ばせてやりたかった。

土田は昔から玄人に目がなかった。その顔立ちが母性本能をくすぐり、女をくつろがせるのだろう、誰からも可愛がられた。そして、しばしば玄人たちから聞く寝物語は興味深い情報に溢れていた。土田が呼ぶクラスのマッサージ嬢は相手にしている客も違う。しがない労働者が客になれるわけもなく、彼女たちは大手企業の幹部やエリート官僚としか関係を持たない。そのため情報の確度は高く、有用なものが多かった。おそらくこの女も、党中央から視察にきた幹部か、密貿易で儲けた連中の部屋にしか入ったことがないだろう。

「日本人がお一人でいらっしゃるのは珍しいわ」

女はシャンパングラスに付いた口紅を指で拭った。

「新しい貿易を始めたいと思ってね。僕の祖父は満州生まれの満州育ち。爺さんは身ひとつで起こした貿易会社を戦争で失ってしまった。でも会社のビルだけはいまだ満州に残っているんだよ。地元の会社が入居しているようだ」

「満州のどこなの」

大きな目を見開いて女は聞いた。

「瀋陽だ。今日もそのビルを見てきた。僕はこの街で新しいビジネスを始めてみたいのさ」

土田は虚実ない交ぜながら巧みにストーリーを組み立てた。

「このあたりで貿易をしている人の半分は密貿易。決していいものを扱っていないわ。どんなビジネスがしたいの」

「日本の優れた家庭用電化製品をこちらに送って、こちらからはレベルの高い繊維製品と少しばかりの金属原料を日本に運ぶんだ」

土田は女のグラスに酒を注いだ。

「ありがとう。でも日本の電化製品は高くて、庶民には手が届かないわよ」

「余計な機能がたくさんついた使いにくく高価な電化製品である必要はない。シンプルで機能的で安い、いい商品を持って来れば必ず売れる」

女は居住まいを正して土田を見つめた。

「ねぇ、あなたの北京語は素晴らしいわね。勉強はこちらで？」

「北京師範大学に少しだけ通った。基本だけは身に付けておきたかったからね」

三十分ほど他愛無い話を続けた。今夜は長いのだ。すると女の方から身を寄せてきた。

「マッサージタイムにしましょう。これ以上飲むと、私の方が酔ってしまうわ」

「そうしようか」

女は土田の手を取ってベッドルームに向かった。

ベッドの前で彼女は土田の首に手を回した。土田は彼女の腰を抱くと、軽くキスをした。

「ご挨拶のキスだ」

女は微笑むと、もう一度唇を押し当ててきた。今度は大胆に舌を動かす。暗い室内にキスの音とくぐもった声だけが響いた。土田ははやる気持ちを抑えながら、優しく包み込むように女をベッドに横たえた。

それから二時間以上、お互いに悦技を尽くし合った。歓喜のひと時だった。初めはひんやりとしていたシーツは、いつの間にか湿り気を帯びている。

零時を回るころになって、息絶え絶えになった彼女が喘ぐように言った。

「喉が渇いてしまったわ。少し休憩させて」

土田は女の髪を撫でてベッドから離れた。冷蔵庫からハイネケンの瓶を取り出し、栓をあけてラッパ飲みする。それを少し口に含んだまま、ベッドに戻って口移しで女に飲ませた。

「おいしい。あなたって素敵ね」

女はビールを喉に流し込むと嬉しそうに笑った。土田はもう一度同じようにした後、ベッドに入って女に尋ねた。

「君は、昼間も仕事をしているだろう」

「丹東市役所で書記の秘書をしているの」

女は土田の胸に頬ずりをしながら言った。

「そうだろうな。君ほどの教養のある北京語を話す女性は珍しいからね。書記の秘書ならいろんなことを知っているのだろう」

「この街のことならね。どうして？」

「実は、北朝鮮から安く入ってくる繊維製品を手に入れる方法を探しに、この街にやってきたんだ」

「でも、あちらの製品は質があまりよくないわ。一ヵ所を除いてだけど……」

「一ヵ所？」

「そう。政府高官の家族が海外で着るための製品だけを作っている工場があるの。そこだけは生地も仕立ても一流よ。うちの書記もそれを着ている。北京の官庁街では有名なブランドになっているけど、一般には流通していないわ」

「そういう商品が欲しいんだけどな」

土田は何か手だてがないのか、と試すような視線を女に向けた。

「その製品が中国へ入るのは週に一度。その物量だけれど、じつは三分の一ほど少なく中央に報告しているの。専用のストックもあるから、時々、密売業者がリベートを払って買っていくわ。その窓口を紹介してあげましょうか？　あなたのことなら信用できる」

女は微笑んだ。

「うれしいね。是非紹介してもらいたい。当面のリベートは支払うよ」

「本当に？　支払いは円の方が歓迎される。人民元は国内では人気がないの。ドルやユーロよりも円の人気が高いのは世界共通でしょう」

「世界経済についてまでよく勉強しているね」

土田は女の頭をなでながら思った。

――こいつは俺をハニートラップに嵌《は》めるために差し向けられた、中国のエージェントではないか？

女は素直に答えた。

「うちの書記は二ヵ月に一度、北京に業務報告に行かなければならないの。私はその時必ず同行する。党中央の動向を確認しなければならないからね。経済の勉強もするわ。それから北京に行く時には、党中央の幹部に手土産が必要なの。その幹部本人だけでなく家族の好みも聞いておくわ。センスのいい手土産は、書記の評価アップにつながるの」

「どんなものを手土産にするんだ？」

「ここへは北朝鮮産の高級衣類、時には翡翠《ひすい》なんかも入ってくるんだけど、北京の幹部たちが本当に欲しがっているのはそんなものではないわ。まず間違いない手土産は、日本製の電化製品と、日本の果物よ」

土田は納得しながら頷いた。

「そういえば、中国だけでなく台湾や韓国の人たちが日本に来ると、たくさんの果物を買って送るらしいな」

「中でも人気があるのは梨とイチゴよ。それから、ブドウ、桃、リンゴね」

「それなら検疫の問題もあるけど、何とか運ぶこともできるだろうな」

女は土田の顔を覗き込むように見た。

「……もしできるんだったら、日本の苗《なえ》を持ってきて、小さな農園をこちらに作って欲しい。うちの書記がとても喜ぶと思うわ。あなたの貿易にもきっと手を貸してくれる」

土田は面白いヒントを得たことを素直に喜んだ。

「考えておくよ。それと、今夜はまだ終わってないからな」

女に濃厚なキスをすると、二人はまた体を求め合った。

ふと気が付けば彼女を帰すまで三時間を切っていた。

「少し眠ろうか」

女を腕の中に抱きながら土田はまどろんだ。

二人は五時半に目を覚ますと一緒にシャワーを浴び、タクシーの到着を待った。

フロントからタクシーが来たとの連絡が入った。

女が部屋を出るとき、土田は金の入った封筒を手渡した。彼女は中身を確認することもなく言った。

「またお仕事でお会いできるかも知れないけれど、この部屋でもう一度会いたい」

女は自分の公用名刺を名残惜しそうに土田に手渡した。土田は大きく頷いて、もう一度女にキスをした。

——今のところは大丈夫だろう。

もし女が中国政府が回したハニートラップであるならば、土田が寝ている間に部屋を出て行くか、土田の持ち物をチェックしているはずである。

——しかし彼女はなぜ丹東市役所の内部事情を話してくれたのか。名刺が本当のものかどうかも分かりゃしない。

土田は女の真意について考えたが答えが出なかった。

ふっと溜息をつくと、土田はホテル最上階のレストランを訪れた。

朝食はビュッフェスタイルだ。しっとりと柔らかいフレンチトースト、半熟のスクランブルエッグとたくさんの具材を入れたオムレツは、日本の外資系ホテルにも劣らない質である。洋食の他に点心、中華粥《がゆ》、数種類の麵類、八角の薫り豊かなローストポークなどもあり、少しずつ摘まんだ。まろやかな金色の中国茶で締め、しばし口福にひたった。


土田は車を出した。

午前十一時丹東貨物駅発の貨物列車をカメラに収めるためだ。

出発一時間前に駅に入ると、電源管理センターの裏側に回った。すでにこの場所は調査済である。その気になれば、ここから駅構内に侵入することも可能だった。

警備員の軍人が十人ほど、手持ち無沙汰なのか交代でタバコをふかしている。ターゲットの車両横に一人が歩哨として立っているが、特に警戒している様子はない。積載品のデータにも酒、タバコといった嗜好品がのっているだけだ。

この貨車は翌々日の正午新義州駅発の貨物列車に連結されて帰ってくる——土田は列車の管理データからそう判断していた。

土田は車に乗り鴨緑江公園に向けて出発した。

鴨緑江公園は鴨緑江大橋の北、約二百メートルの位置にある。この公園の駐車場からは鴨緑江大橋を通過する列車を鮮明に撮影することが可能だった。

立地上、外部から覗かれる心配は少なかったが、それでも万全を期してカメラをカモフラージュして撮影を行った。貨物列車の下部を捉えられるアングルでカメラを構えた。

定刻に貨物列車が鴨緑江大橋に差し掛かった。

土田はすぐにビデオを回した。この時間に通過するのは予想通り二十五両連結だ。土田はもう一台のデジタルカメラを出し、進行方向十両目に焦点を合わせて連写する。四十枚ほどの写真を撮った。

「うまく撮れていてくれよ」

撮影を終えると一旦ホテルに戻り、画像をパソコンで解析した。

「十両目のここに乗り込むしかないな」

土田はすぐに画像データを香港分室へ送った。

翌日の午前十時に、土田は丹東市役所に顔を出した。

一階の受付周辺はのんびりとしていたが、二階の関税部門にはすでに五十人近い客が順番待ちをしている。ここで許可証をもらい、輸出入品に関する申請を行うのだ。

土田は許可証をもらいに来た市民のように振る舞いながら、市役所職員の様子を眺めていた。このフロアの役人は思いのほか動きに無駄がなかった。そうしなければ、仕事をこなせないのだろう。チェックもおざなりではなく、それぞれの申請書にきちんと目をとおしている。

三階には丹東市長室と書記室がある。中国では市長よりも書記の方が格上だ。書記は市の運営だけでなく、省内における市の位置づけを常に把握し、中央にアピールすることによって、党より予算を獲得するのがその役目だ。このため、書記の力量によって市そのものの評価が変わってくる。丹東市は遼寧省内でもさほど大きな面積はないが、貿易による税収が大きいため、存在感のある都市である。

土田は三階まで階段を上がった。すると警備員に声を掛けられた。

「お前はどこに行きたいんだ」

態度も口調も極めて横柄だった。

「王燕梅《ワンエンメイ》秘書官に書類を渡しにきた」

その一言で警備員の態度が変わった。

「ご予約されていますか。それからあなたの名前を教えて下さい」

「『いつでも来てください』と彼女に言われていたので、予約せずに来ました。名前は土田正隆、日本人です」

「日本人？　これは驚きました。あなたの北京語はとても上手ですね。少々お待ちください」

警備員は横目で土田の身なりを確認しながら、電話を入れた。

「土田さん、奥の応接室に進んで下さい。秘書官より、そこで五分ほどお待ち願いたいとの伝言です」

「ありがとう」

土田はゲートを開けてくれた警備員に十元を手渡すと、警備員は満面の笑みを浮かべながら手で行先を示した。

応接室は貴賓室《きひん》といっても過言ではないほど、重厚な雰囲気だった。床には淡いブルーの緞通《だんつう》が敷かれ、ソファーは革張りでテーブルは紫檀《したん》である。部屋の隅に置かれている高さ二メートルほどの大きな白磁の壺が目立っていた。さぞ値の張るものだろう。日本の市役所では考えられない豪華な調度品である。

土田は博物館にでも来たように、飾り棚に置かれている翡翠の置物や、壁に掛けられた書を眺めていると、応接室の扉がノックされた。

「いらっしゃいませ」

王燕梅が白い歯を見せて笑った。

白いシャツに紺の膝上のタイトスカート姿である。シンプルな服装が燕梅のスタイルの良さを際立たせた。土田の目は、スカートの裾《すそ》から伸びる見事な脚に釘づけになった。二日前の夜、何度もまさぐり舌を這わせた足だ。その時の記憶が一気に蘇った。

「突然お邪魔してすまない。一度挨拶しておきたかったんだ」

土田は申し訳なさそうに言った。

「こんな野暮な格好を見られると恥ずかしいわ」

ホテルの部屋では見せなかった恥じらいが、よけい新鮮に感じられた。

「何を着ていても君は美しいよ」

土田は正直に言った。土田は燕梅の昼と夜それぞれの顔に夢中になっていた。

「ご挨拶だけにいらっしゃったの？　それとも、何かビジネスの話もあって？」

燕梅はあけすけに言った。土田に期待している様子は明らかだった。農園の話を本気で進めたがっている。

燕梅は土田にソファーにかけるよう勧め、自分はその前に座った。土田の視線は燕梅の肩から腰、ヒップにかけてのラインを何度も往復した。

「例の農園の話だ。梨は十年物の木を用意することができる。豊水という品種で、水分と甘さがある、日本でも人気がある品種だ。イチゴは大粒で甘いアイベリーという品種なら苗を輸出することができるよ。ブドウは巨峰、ピオーネ、ロザリオビアンコの三種を出すことができるが、実をつけるようになるまでに丸二年が必要らしい。桃とリンゴは品種が多く、どれもすぐに実がなる木を譲ってもらえそうだ」

彼女は驚いた顔をして土田を眺めた。

「どうしてそんなに早く答えをだすことができたの。こちらから瀋陽にある日本領事館に問い合わせても、日本の農産物の苗や樹木を輸出するのは難しいと取り合ってもらえなかったのに」

「領事館の役人は法務関係がメインだから、通商や農業には疎いんだろう。僕は日本の農業の総元締めである農業団体に問い合わせたんだ。中国でもすでに暉春市からイチゴの栽培について農業指導を依頼されているらしい。日本の佐賀県という場所に、中国から研修生が来ているそうだ」

「暉春市はすでに動いているのね。あちらとうちの書記はライバルなのよ。向こうよりも早く、イチゴの苗を手に入れる方法はないかしら」

彼女の目の色が変わっていた。

「その農業団体とは親交があるから、僕から相談することはできるよ。燕梅、そんなにイチゴが大事なのかい」

「日本のイチゴは中国でもトップクラスの人の口にしか入らないの。そして、中国人のセレブはみんな日本のイチゴが大好きよ」

「日本のイチゴにはたくさん品種がある。中でも、あまおうという品種はずば抜けて美味しい。ただ、あまおうの苗や種は、福岡県外に出すことができない特定品種なんだよ」

「一度それを食べてみたいわ」

土田は微笑んだ。

「来月、こっそり持ってきてあげよう。きっと驚くよ。僕はこのイチゴを使ってジャムを作るんだ。これがまた美味しくてね」

彼女はテーブルから身を乗り出し嬉しそうに土田に握手を求めた。

「今夜の予定は？」

「午後九時ならお部屋に行けるわ」

「楽しみに待ってる」


その夜、燕梅はシルクのブルーのワンピースを着て部屋の扉をノックした。

「今夜はビジネスではないの」

美しい笑顔を見せると、燕梅は土田に抱きついた。土田は燕梅を抱きかかえるとリビングのソファーに座らせた。

「初めて会った時から、土田さんは私の特別な人になると感じたわ」

土田は美男に分類される容貌ではなく体格も人並みだったが、なぜか女性から愛されるのだ。

「特別だなんて」

「知的で行動力があって、ベッドも驚くほど特別だった。おまけに、開けてくれたシャンパンも特別。いただいたワインは世界最古のシャンパーニュ・メゾンの一つで、ヨーロッパ各国の王室御用達のものよね」

「よく勉強したもんだな」

「このホテルにも数本しか置いてなくて、世界中のトップクラスのお客しか飲まないものだと総支配人から聞いたわ。あなたはホテルにとっても特別なお客様だって」

土田はハニートラップを警戒しながらも、気分は緩んでいった。

燕梅をベランダに誘った。ライトアップされた鴨緑江大橋が遠景に見えた。燕梅は静かに言った。

「あの橋は不思議な橋。幸福と不幸の間に架かる橋」

土田はその端正な横顔を眺めていた。目尻が少しだけ潤んだようにみえた。

「何が不思議なんだい」

すると燕梅は思いがけないことを言った。

「私は北朝鮮からの亡命者なの」

「えっ？」

土田は言葉が出なかった。

「母と一緒に子供の頃、あの橋を渡って逃げてきた。母はこっちに来て、今の父と結婚した。父は公安署長だった」

「公安署長が亡命者と結婚したのか」

「だから、父は出世しなかった。でも、私たちは幸せだったわ。父には感謝してる」

「お父さんはご存命？」

「ううん、私が北京大学在学中に亡くなったわ。母もその二年後に。でも父が優秀な役人であることを、ここの書記が中央に報告してくれたから、今の私がある」

「そうだったのか……」

土田は神妙な顔つきになった。

「私、もう少しお金を貯めて、もう少し地位が上がったら留学したい。そのために今、働いているのよ」

「結婚は考えていないのか」

燕梅は一瞬寂しそうな眼をしたが、思い直すように姿勢を正して答えた。

「いつか私を必要としてくれる人がきっと現れる。それを受け身で待つのではなくて、積極的にスキルアップしていく中で出会いたいと思っています。あなたと出会ったように」

燕梅は土田の目をみて優しく微笑んだ。土田もそれ以上のことを詮索するのは控えた。

翌朝、土田は燕梅に封筒を渡した。

「昨夜はお仕事ではないと言ったわよ」

燕梅は受け取ることを拒んだが、土田は強い口調で言った。

「一夜の対価としてではない。君が大願を果たすための投資だと思ってくれ。来月、僕は美味しいイチゴを君に届けるだろう。これが、もしかすると新たなビジネスに繋がるかも知れない。そう考えると、お礼と言っていいものかも知れないね」

燕梅は丁寧に頭を下げて部屋を出ていった。部屋の中には燕梅の残り香が漂っていた。

土田は午前十時を回ったころ車を出した。

丹東貨物駅に到着すると、橋を見渡すことができる道路脇に停めた。

駅の様子は二日前と明らかに異なっていた。顔に緊張感をたたえた兵士たちが貨車の切り離し作業を見守っていた。

――やはり、短期間で勝負するしかないな。

土田は瀋陽に向かって車を走らせた。

第六章　協力者

「おかえりなさい。決行日は決まった？」

香港分室に戻った土田に冴子が訊ねた。

「二ヵ月後だな」

「ずいぶん先になるのね」

「月に一度しかチャンスがないのだから仕方ない。できれば深圳と同時にドカンとやりたいな。冴子さんの方の進捗状況はどう」

冴子は深圳の秘密工場に関しては独自に進めるつもりだった。

「どうして同時にやる必要があるの」

土田は冴子から視線を外さずに答えた。

「同時にやれば、中国政府もこれがただの事故ではないことがわかるだろう。表面上はただの事故であっても、意図的に覚せい剤工場が破壊されたことを思い知るよな」

「お前らの動きはお見通しだ、とメッセージを残すってことね」

「そうそう。しかも、どこの誰がやったのかもわからない、不気味な思いをさせてやりたいのさ」

「いいアイデアね」

「冴子さんは、どんな手を使って深圳の秘密工場をブッ飛ばすつもり？」

「一般人をできるだけ巻き添えにしない方法を今、考えているの。どんな破壊工作が現実的かなって」

冴子は思案顔で言った。

「諜報の世界で破壊工作をすることは、イロハのイだ。なにも敵を殲滅《せんめつ》する必要はない。これ以上、悪事をはたらかせないよう警告を与えればいいだけだよ。それでも相手が懲《こ》りずに悪事を繰り返すようなら、その時は戦争を覚悟しなければならない。それこそ罪もない人々が傷つくことになる」

冴子は何も言い返さなかった。自分のエージェントとしてのプライドをかけて、自分自身で深圳の秘密工場の破壊工作を計画し、成功させたかった。

「深圳は私に任せて」

土田はおもむろに冴子の右手をとると、固く握手をした。

「お互いベストを尽くそう」

土田が部屋から出ていくと、冴子は自分のブースにこもった。深圳の秘密工場付近の地図と航空写真、さらに冴子自身が撮影した写真と動画を何度も見比べた。中でも工場内の手洗いの窓から写したスイングパノラマ写真は敷地内の様子をよく伝えてくれた。

「夜、もう一度行ってみるしかないわ……」

パソコン上の地図と画像を組み合わせて距離を正確に測りながら、秘密工場をいかに爆破させるかを考えた。

――ターゲットを狙いやすい場所はどこだろう。

地理を頭に入れながら、数ヵ所を選定した。

土田が決行日を二ヵ月後と言ったのは、冴子に時間を与えるために違いなかった。

北朝鮮の地下工場と、深圳の秘密工場では、同じ破壊工作を行うにしてもその方法は大きく異なった。

北は一度潜入し、内部を確認しなければ作戦も立てられない。そして決行時にもう一度潜入する必要があるだろう。国境を秘密裏に越える危険を冒さなければならない。しかもその逃げ道は、橋の上の一本のレールしかないのだ。その点、深圳は特区とはいえ、冴子は身分偽装で自由に行き来することができる。一方、北は徹底的に破壊することができる反面、深圳は軍が公表できない事故に見せかける必要があった。北は無法者国家として国際的に認識されているが、中国は国連安全保障理事会の常任理事国である。

翌週から冴子は深圳に入り、秘密工場の周辺調査に入った。あらかじめ候補としてピックアップした場所に足を運びながら、具体的なイメージを巡らせた。

――ターゲットを狙うには、あそこしかないわ。

冴子は深圳の秘密工場を直接見下ろす位置にある、グンピン国際ホテル屋上の大型ネオンサインを見つめた。

グンピン国際ホテルは、つい最近国営から共産党幹部の一族に払い下げられていた。売り上げアップを狙って、他のホテルから優秀な人材を引き抜き、現場教育に取り組み始めたばかりだとの情報を冴子は得た。

冴子は香港の著名なコンサルティング会社に連絡を取り、ホテル経営に詳しい知人にグンピン国際ホテルの弱点について尋ねた。

「一番はルームメイクの問題ですね。客が朝食に出かけている間に部屋を掃除しようとするんです。客がもっとも部屋を散らかしている時間帯で、テーブルの上には現金を置いたままにしていることもある。しかし、ホテルの従業員は少しでも早く帰りたいのか、この悪習は一向に良くなりません」

従業員は、わざとこの時間を狙って宿泊客の私物を盗もうとしているのかも知れない。

――ちょっと賭けだけれど、そこを突いてみたらおもしろいかも。

冴子はこのホテルにチェックインした。四連泊を申込み、朝食も付けた。

通されたのは十六階にあるホライズンルームと呼ばれる、スイートルームに準ずるランクの部屋だった。近くには四十階建ての、近代的な高層建築で有名な福田シャングリ・ラ深圳が見えた。秘密工場の屋根も見下ろせる。さすがに客室から攻撃してしまうと足がつくが。

宿泊三日目の朝が来た。七時半ごろ、冴子はホテル一階にあるレストランで朝食をとるために部屋を出た。八時を過ぎたころ、冴子が部屋に戻ると、自分の部屋の扉が開け放たれていた。廊下にはアメニティーを乗せたワゴンが止められ、部屋を覗くとルームキーパーの女が室内で掃除機を掛けている。

「こんな時間に何をしているの？」

「部屋の掃除です」

女は愛想もなく答えた。

「まだチェックアウトタイムではないし、『清理房間（掃除をしてください）』の札をドアノブに掛けた覚えはないわよ」

「『清勿打挑（入室をご遠慮ください）』の札も出ていませんでした」

悪びれもせずルームキーパーは言った。冴子はフロントに電話を入れた。

「このホテルは客が食事中に部屋を掃除するの？　すぐに支配人もしくは責任ある者を部屋に寄越しなさい」

その電話を聞いていたルームキーパーは、急に部屋を出ていこうとする。冴子はこれを制して関係者が来るまで部屋にいるよう命じた。

三分ほどして営業担当の男とコンシェルジュがチャイムを鳴らした。ドアは開けたままだったので、冴子は廊下に向かってすぐに中に入るよう叫んだ。

「どういうことなのか説明して。私の荷物はこのとおり部屋のテーブルに置いたまま。この部屋にはセキュリティーボックスがないのだから、私の貴重品や書類が紛失している可能性もあるわ」

冴子が淡々と言うと、営業担当の男が申し訳なさそうに言った。

「お客様、それはルームキーパーが盗んだということでしょうか？」

「それは調べてみなければわからないわ。ただし、彼女は断りもなしに私が契約している部屋に入り、勝手に荷物を触っている。これは明らかに犯罪行為よ。このホテルでは従業員にそんな指導をしているの？」

男はコンシェルジュの女の顔を見たが、女は口を尖らせて目を閉じた。冴子は言った。

「私の友人はホテルのランキングを海外に発表する専門公司の役員よ。あなた方がそういう態度を取るのなら、このホテルの四つ星なんか今日のうちに剝奪してあげる。社長にそう伝えて」

営業担当の男は頭を下げて懇願するように言った。

「私どもの指導が徹底せず、申し訳ありませんでした。まず、手荷物のチェックをして下さい。終わるまで、私どもも立ち会います」

冴子はスーツケース、アタッシュケースの中を確認した。テーブルの上に出しておいたポーチの中身を確かめると、あったはずの二十元がなくなっていた。

「キャッシュが二十元なくなっているわ」

冴子が言うと、ルームキーパーがエプロンのポケットに手をいれた。コンシェルジュの女がポケットを確認すると、くしゃくしゃになった二十元が仕舞われていた。

ルームキーパーは言い張った。

「宿泊者のチップだと思いました。私は悪くありません」

冴子が二十元ものチップを残すわけはなかった。コンシェルジュが冴子に深々と頭を下げた。

「二十元はホテルから榊さまにお返しします」

「それで？」

「………」

女は怪訝な顔をして営業担当の男を見た。

「それで終わりなの？ もしかしたら、彼女の他にもこの部屋に入った人がいるかも知れないでしょう。廊下にたくさんある監視カメラを確認して」

冴子はこのホテルがもともと国家の所有であったことを思い出し、あらゆる場所に監視カメラや盗聴設備が施されているに違いないと思った。

「それは私の判断で、今、回答することはできません」

「このホテルの管理体制はどうなっているのかしら。総支配人にこの件を報告して、説明するように言ってちょうだい。それまで、部屋はこのままにしておくわ」

冴子は従業員三人を部屋から出すと、ボイスレコーダーを再生してこれまでの会話が録音されていることを確認した。

一時間後、部屋の電話が鳴った。男は総支配人の李《リー》と名乗った。冴子は部屋に来るように命じて、二台目のボイスレコーダーを準備した。

総支配人の李大完《ターワン》は先ほどの三人を伴って入室した。李は名刺を出すと、ホテルの写真付身分証明証を提示した。

「このたびは榊さまに大変不愉快な思いをさせてしまい、心からお詫びいたします。まず、今朝、紛失されました二十元をお支払いいたします」

「支払う……というのはどういう意味」

冴子は強い姿勢を崩さなかった。

「従業員は、決して盗んでいないと申しております。そして、廊下の監視カメラを確認した結果、彼女の他には誰もこの部屋に入っていなかったことが分かりました。何らかの事情で二十元がなくなったわけですが、榊さまがお留守の間に従業員が勝手に部屋に入ったことは間違いないことです。ですから、ホテルの室内でなくなった二十元はホテルとして弁償したいという意味です」

「わかったわ。ただし本題は、客が食事に行っている間に部屋の中に従業員が入るというのは、このホテルのシステムなのか、ということよ。部屋の状況を客室係は常に監視しているの？」

李の口元が一瞬引きつった。

――小狡《ずる》そうな男だわ。

「ルームキーを抜いた段階で、不在と確認できるシステムになっています。できるだけ早く部屋を綺麗にして、ゆっくりお寛ぎいただきたいと客室係は思ったのでしょう」

「客のプライバシーは二の次ということなのね。私は北京や香港のホテルで、こんな扱いを受けたことはありません。総支配人のあなたがそういう姿勢ならば、私は今日の宿泊をキャンセルし、他のホテルに泊まります。そして直ちに今回のことを専門機関に報告します」

「どういう報告をなさるのでしょうか」

李は焦り出した。穏やかに見せた表情の中に困惑の色が滲んでいる。

「コンシェルジュたちとの会話はボイスレコーダーに録音しています。これを提出するまでです」

冴子はボイスレコーダーの再生ボタンを押した。

「あなたのお望みを教えてください」

そう言うと李は頭を下げた。冴子はその頭上から声を浴びせた。

「私は何度も言っています。今朝のルームキーパーの行為は、ホテルが指導してやらせていることなのか。これについてあなたは言葉をはぐらかして、ちゃんと答えていない。客の監視についてもね」

李は顔を上げると語気を荒らげた。

「監視しているとは言っていない。我々の指導でもない」

豹変する李の態度を見ても冴子は冷静だった。

「もう結構。チェックアウトの手続きをして。こんなホテルにはいたくないわ」

李は複雑な笑みを浮かべて言った。

「榊さま。そんなことをしてもあまり意味がないと思いますよ」

冴子は手元のスマートフォンを示した。

「今のあなたとの会話もちゃんと録音しているし、今すぐにでも私のオフィスに電話を入れることができる。今日の午後にでも、そちらへ何らかの連絡があると思うわ。あとはホテルのオーナーの姿勢だけね。私のことなら、深圳市の市長にでも、書記にでも聞いて」

冴子は四人を部屋から追い出して帰る準備をすると、エレベーターでロビーに降りた。そこにはホテルのオーナーが冴子を待ち受けていた。

「榊冴子さま、このたびは誠に申し訳ないことをいたしました。少し、お時間を頂くことはできないでしょうか」

オーナーの孔小麗《クンシャオレン》は四十代半ばだろうか、知性あふれる女性だった。おそらく短い時間で冴子の経歴を調べ上げ、慌てて出てきたのだろう。

「まだ監視されていたのね」

冴子は冷たく答えた。

「いいえ。先ほど、深圳市の書記から、榊さまが非常に不愉快な思いをされている旨の連絡がありまして」

「うちの会社の者が連絡をしてしまったのね。それで、私にどのようなご用件？」

「榊さまのことは書記から伺いました。中日友好に関してもご尽力されている方だと。先ほどからの榊さまの様々なご対応を伺っていますと、素晴らしいリスクマネージメント能力をお持ちと拝察いたしました。私どものご無礼は改めてお詫びいたします。今後のことも併せて、お話をするチャンスを与えていただけないでしょうか。お願い申し上げます」

孔は丁寧な言葉遣いで言うと、冴子を真剣な目で見た。

「礼節を重んじる国のホテルとは思えなかったわ。本当に情けない」

冴子はあえて挑発的な言い方をして、孔の表情に注目した。孔の表情や態度に変化があるかどうか確かめるつもりだった。しかし、彼女は挑発に動じず冷静だった。

「私は今の中国が礼節の国だとは思っておりません。大変お恥ずかしいことですが」

――いいペースで事が運んでいるわ。なんとかして内部に入り込む理由が欲しい。

「わかったわ。こんなところで立ち話していては他のお客様に失礼でしょうから、場所を変えましょう」

切れ長の目を細めて孔は言った。

「申し訳ありません。私の部屋にご案内させていただきます」

冴子はオーナー室に通された。

かつて国の実力者が権力の象徴としていた部屋の名残りを十分に感じさせる設《しつら》えである。華美であり、過剰であり、どこか空虚な広大な部屋——応接に案内された冴子は、呆れ顔でカーフ地のソファーに腰を下ろした。

「私自身、このホテルを国家から引き継いで半年になります。ホテル経営は日本で勉強しましたが、日本と中国ではスタッフの資質に歴然とした差があります。しかも、幹部の半分以上は国が経営していた時のメンバーのままです」

冴子は適当に相槌を打ちながら、孔に冷たい視線を送り続けた。

「失礼ながら、榊さまについて少し調べさせていただきました。日本ではホテルを含めた企業のコンサルティングをなさっていらっしゃったとか。思い切って申し上げますと……急なお話で驚かれるでしょうが、榊さまに、このホテルのマネージメントをお願いしたいと存じます。私は、このホテルを少しでも良くしたいのです。あなたの凜とした姿勢を拝見し、非礼とは思いながらもお願いさせていただく次第です。ご検討いただけますでしょうか」

孔は深々と頭を下げ続けた。

さすがの冴子も予想しない展開となった。

——この人、どこまで本気なのかしら。私の出方を窺っている感じがありありと見て取れるわ。ただの逃げ口上にしては、孔のやり方は実に巧みね。反対同盟のリーダーを味方にしようとする、公安の手法に極めて近いわ。逆にこの申し出がただのごまかしなら、彼女は立派な役者……。

しばらく頭を巡らしてから冴子は言った。

「お話を伺いましょう。マネージメントにも様々な種類があります。あなたは私にどのようなセクションを任せたいのですか」

冴子はあえて「任せる」という言葉を選んだ。

「榊さまのご専門かどうかはわかりませんが、安全管理部門です」

「安全管理って監視カメラや電話盗聴による客の情報収集のことを指しているのかしら」

孔は黙った。いまだに客のプライバシーは抜かれているのだろう。

「あなたは私の国籍をご存じですよね」

「はい、スイスの方ですね。チェックイン時にパスポートを拝見させていただきましたので」

「スイス人というのは個人情報の保護に関しては極めて厳格なの。だから〝スイス銀行〟という総称ができたのね。いまや〝スイス銀行〟といえば守秘性の高い銀行の代名詞になっているでしょう」

「総称……ですか？」

「一般的にスイス銀行というのは何百とある個人銀行の総称であることはご存じでしょう。〝スイス銀行〟なんていう銀行は今は一つもないものね」

「その通りです」

「スイスの銀行が信用されたのは永世中立国というだけでなく、顧客の個人情報をとことん守ってきたからなの。あなた方とは真逆ね。確かに中国は共産主義国家の中でも成長しているから、独自路線を貫こうとするのはわかるけど、それでは将来的に孤立するだけでしょう。共産党一党支配の限界がすでに様々なところで露呈してきているのを、あなた自身も感じていらっしゃるんじゃない？」

冴子は探りを入れた。孔は素直に答えた。

「私も共産党員ですし、父はそれなりの幹部です。しかし、私を始め兄弟、親族のほとんどがアメリカ、イギリス、ドイツ、日本に留学しています。そして、その半数は二度と中国の地を踏まないつもりでいる。中国には、数年先はあっても十年後があるのかどうか、党の大幹部だってわからないと思います。皆が歩きながら考えている、それがこの国の実情なのです」

冴子はここまではっきりものを言う中国人女性を知らなかった。

「あなたは北京出身ですよね」

孔は頷いた。

「北京大学を卒業するまで北京を離れたことはありません。その後、京都大学大学院に留学しました」

「あなたのような広い見識を持った中国人女性に出会ったのは初めて。ちょっと驚いたわ」

「いいえ。私が尊敬する日本人女性は、サムライの世界から近代社会に舵を切った怒濤の時代に生きた、大山捨松《おおやますてまつ》と津田《つだ》梅子《うめこ》です。日本へ留学したとき、彼女たちの生き方に深く感銘を受けお手本にしたいと思いました」

「よくそんな話をご存じね。日本人でも知っている人の方が少ないと思う」

そう言いながら、冴子は心の中で孔小麗を協力者に仕立てようと決めた。

冴子は一抹の申し訳なさを感じたが、考えるべきことはミッションの遂行のみだ。土田の顔を思い出すと、孔に対する気持ちを抑えた。孔は冴子の答えをじっと待っている。その目は必死で冴子の本心を探っているようにもみえた。

「わかりました。できることはお手伝い致しましょう」

「ありがとうございます」

孔は応接テーブルに両手をついて頭を下げた。

「今夜は特別室にご案内致します。また、もしよろしければ夕食をご一緒させていただけないでしょうか」

冴子は承知した。

案内された特別室にはかつて中国の国家主席も宿泊したという。部屋のリビングには揮毫《きごう》が残されていた。特別室にはリビングの他に五つもの部屋があった。

重厚に飾り立てられた部屋を一つ一つ見て回った冴子は、中国共産党という階級闘争社会に勝ち残った男たちの夢の跡を垣間見たような気がした。

冴子が学生時代に読んで感動したアグネス・スメドレーの『偉大なる道』は、将軍・朱徳《しゆとく》の大いなる生き様だったが、そこにはユートピア思想にも似た社会主義の原点があった。彼が今の亜流社会主義を見たら何と思うだろう。広大な特別室に一人たたずみ、冴子はこの摩訶不思議な国の将来を案じていた。

その夜、孔は冴子の客室を訪れた。

贅を尽くした本格的な料理が振る舞われると、最後に最高級の鉄観音茶が出された。

「私は中国という国に無限の可能性を感じますが、同時に近い将来、危機的局面が訪れると感じずにはいられません」

冴子はそれには答えず、孔の話にじっと耳を傾けた。

「台湾は中国の大事な文化を守ってくれた恩人です。もし、当時の国民党が中国の多くの国宝を台湾に持ち出してくれていなかったら、文化大革命という狂気の運動でこの世から消え去っていたでしょう」

「その辺のことは、その後、文化大革命の失敗を目の当たりにした、現在のトップたちは分かっているはずね」

「ええ。でも、それを肯定してしまうと、今の国家体制を保つことができないんです。今、世界中の国々で紙幣に顔を載せている歴史上の人物はたくさんいますが、ほとんどの国は紙幣の種類ごとに人物が異なりますね。ところが、中国は全ての紙幣に毛沢東《マオツートン》が描かれているのです」

「階級社会はなく全てが平等、と言いたいから？」

「それもありますが、もっと大きな背景としては、常に階級闘争が行われている共産党社会では、毛沢東以外はいつ国敵になってしまうのか分からないからです。孫《スン》中山先生《ヂョンシャン》（孫文《スンウエン》）は国父ですから特別として、周恩来《ヂョウエンライ》は日本で学んだ経歴を否定され、現在の経済発展の礎を築いた鄧小平《ドンシアオピン》は最高実力者ではあったものの国家主席になっていないことで否定されてしまいます」

「でも、最近の反米反日闘争で、毛沢東を知らない世代が彼の写真を手にして抗議デモしている姿を見ると、ちょっと危うさを感じるわ。かつての紅衛兵の姿を連想してしまいます」

「同感です。彼らの多くは持って行きようのないジレンマを抱えているのです。特に北京以外の大学に通う大学生にその傾向が強いと思います」

「共産党員になれないから？」

「はい。この国はいくら優秀な者でも、共産党員でなければ幹部になることができない社会です。資本主義社会がもつ〝ドリーム〟がありません」

冴子は中国国内でこのような会話ができるとは思ってもみなかった。

「ところで、孔さんは私に何を望んでいるの」

「このホテルの大改革です。今の四つ星は実態の伴わないお飾りの称号ですが、これを本物の五つ星にしたいと思っています。日本の京都には、小さな旅館でも世界でもトップクラスの評価を得ているところがあります。その理由をスタッフに教えたいのです」

「それなら、優秀なスタッフに限って日本で研修させればいいんじゃないかしら？数年のスパンで教育を考えれば、きっと上手くいくと思うんだけど」

「今、尖閣の問題で市民たちの反日感情は強く、日本からものを学ぼうとすること自体が、反国家的な意思と思われてしまうのです」

冴子は大げさに肩をすくめた。

「そんなスタッフは切ってしまえばいいわ。そして少し賢い子に、こう言ってあげるの。『日本が戦争に負けた最大の理由を知っている？　日本は自分の国が神に守られた最高の国だと思って、先進諸国の情報を無視していたからなの。孫子の兵法にもあるとおり、彼を知り己を知れば、百戦殆《あや》うからず』ってね。『日本の実力を知らないで何を言っているの』って言えば、わかる子もいるはず」

孔はまじまじと冴子の顔を見ると、冴子の手をとった。

――さあ、次の一手を打たなきゃ。

深圳に入り四日目の朝を迎えた。冴子は朝食後に孔を訪ねた。

「小麗《シャオライ》、ちょっと提案があるのだけれど。昨晩食事の後ホテルの外を歩いていたら、ふと思いついたの」

前日の会食で打ち解けた二人は、お互いを「小麗」「小冴《シャオヤー》」と呼び合うようになっていた。

「屋上のネオンサイン、取り替えた方がいいんじゃないかしら」

「ご指摘の通りだわ。ちょっと古臭いイメージがあるかもしれませんね」

孔は小さく頷いた。

「赤や黄色は入れちゃ駄目よ。いっその事、ネオンサインもやめて、ホテルのロゴをシンプルに入れたらどうかしら。ロゴは一日中点灯させておく。雨の日も夜もロゴが見えるようにね」

「確かに、今のネオンサインは午前一時で消してしまうわ」

「あのネオンサインはどのあたりまで見えるの？」

「……そんなこと気にしたこともない」

孔は目を丸くした。

「それをマーケティングというの。今や日本では、高校生だってマーケティングの必要性を知っているわ」

冴子は孔が感心している様子を見つめながら、今だ、と感じた。

「小麗、屋上に上がらせてもらえない？」

その突飛な依頼に孔は首を傾げた。冴子は笑顔で続けた。

「屋上からどれだけの範囲が見えるのか確認したいの。人がいない方向に看板を取り付けても仕方ないでしょう」

孔は首を縦に振った。二人は屋上へ向かった。

錆びついたネオンサインは人のこなくなった遊園地を連想させた。冴子にあるアイデアが閃いた。

「屋上からの景色は思ったよりも良くないわね。どのくらいの人が、この屋上を見上げてくれているのかしら」

孔は眉間に皺をよせながら、四方の景色を眺めている。

「ここ屋上を庭園にしてしまいましょう」

「庭園？」

「ディズニーランドにあるようなイミテーションでも、落ち着いた中国風庭園でもいい。これだけの広さがあれば十分、何でもできるわ。その庭を売りにすれば、集客力も上がるんじゃない？」

「小冴、あなたは本当に面白い。誰からもそんな発想は出なかったわ」

孔は目を輝かせている。

「日本では今こんなリノベーションが流行っている。都会の真ん中に突然現れたオアシス、そんなコンセプトで計画を詰めてみましょうよ」

さっそく基本計画を立てることにした。

——この工事期間中に秘密工場を爆破してやればいいわ。

＊

インターコンチネンタルホテル香港の「欣圖軒《ヤントーヒン》」は、ホテルハーバーの先端に位置する広東料理店だ。一面のガラス窓から望む、ヴィクトリア湾の夜景は実に見事だ。

冴子と土田は改まって席についていた。

ネイビーブルーのドレスを着た冴子は、長い髪をまとめて広くデコルテを見せている。ドレスの背中も大きく開き、白く滑らかな肌が客たちの目を惹いた。

「ここの北京ダックは香港一だそうだ。数日前から予約しないとありつけない」

翡翠の箸置きに触れながら土田は微笑んだ。

「土田さんはグルメだから」

いよいよXデーを確定させる時が来ていた。その前に、一度香港の美食を味わいたいと冴子は提案していたのだ。

「格式の高いレストランだから一張羅《いっちょうら》で、なんて半分冗談のつもりで言ったのだけれど、まさか冴子さんがこんなにドレッシーでセクシーだとは思わなかった。明日から真っすぐ顔を見ることができないな」

濃紺のピンストライプのスーツを着た土田が言うと、冴子は鼻に皺をよせた。

「思いもしないことは口にしない方がいいわよ」

「馬子《まご》にも衣装と言うだろう。いやここだけの話、你美丽《ニーメイホン》」

土田は声を落として北京語で「きれいだ」と囁いた。

クルミの前菜は独特の香りがした。蟹の爪入りフカヒレのスープは、目の前でサーブしてくれた。フカヒレの中でも特に柔らかい海虎翅《ホイフーチー》を使っている。実に味わい深い。

北京ダックは一羽丸ごとのサービスだ。

「美味しい！　これほどのダックは食べたことがないわ」

冴子は顔を綻ばせた。

「北京にもこれ以上のものを出してくれる店はないと思うよ」

少し得意げな土田だった。

料理は続いた。エビの胡麻マヨネーズ炒めの後に、北京ダックの肉を甜麵醬《テンメンジャン》とともにレタスで包んで食べた。二人とも白酒が進んだ。

食後に中国菓子が振る舞われた。中国らしい美しい細工を凝らした器にのせられた温かいパイナップルケーキである。台湾のものとは少し風味が異なる気がした。

最後のお茶が出たころ、冴子は満足しきって言った。

「今夜だけは仕事のことをすっかり忘れて……」

その言葉に覆いかぶせるように土田が真顔で尋ねた。

「破壊装置は何を使うつもりなんだ」

冴子はばつが悪く咳込むふりをした。

「ええと、小型の迫撃砲のようなものを考えているわ」

迫撃砲とは火砲の一種で、砲弾はゆるやかな軌道を描きながら飛ぶ。

「派手な音が出るだろう。発射音をどう誤魔化すかだな」

「音は上手く隠せると思う」

冴子と土田は同日に仕掛けるにあたっての相談を始めた。

「あと必要なのは目撃者対策かな」

「発射時よね」

「そう、砲弾は発射されればスピードに乗って目には見えないだろうから」

――工事中、足場を組んでいる時ならば陰ができる。

ホテルの屋上にあるネオンサインは高さ十メートル以上ある代物だ。これを解体するとなると、ネオンサインの周囲に足場を築いて周囲を防塵カバーで覆わなければならないだろう。

冴子はスマートフォンのカレンダーを示した。

「旧正月、春節を狙いましょうか。来年の旧正月は何日かわかる？」

中国の旧正月は、旧暦の元日から始まる数日間の祝祭日を指す。旧暦の元日は通常雨水《うすい》（二月十九日ごろ）直前の新月の日であり、一月二十二日ごろから二月十九日ごろまでの間で毎年変動する。

春節の街は華やかだ。昼間は数々のパフォーマンスで路上は賑わい、ライトアップされた夜の街には所狭しと夜店や露店が並ぶ。そこかしこで花火が上がり、爆竹の音が響く。街の興奮のピークは、年の変わり目の午前零時である。盛大な祝いの一日だ。

冴子は武器の性能について土田に尋ねた。

「狙う場所から、ターゲットまでの距離は二百メートル足らずなの。ロケットのように高く打ち上げてから落下させるつもりよ」

「問題ないだろう。落下地点は正確に設定可能だ。高度は一旦、千メートル近く上がって放物線を描いて落ちる。周辺を広範囲に破壊してしまうから、発射地点の特定は不可能だね。真上から雷を落とす感じかな」

土田は指で軌道を描きながら説明した。

「迫撃砲の種類だけれど、今回は一発でターゲットを破壊しなければならないことを考えて、フランス製MO120RTを使おうと思うの。陸上自衛隊が装備している種類ね。砲身はライフリングされていて、砲弾が弾体旋転安定方式だということだわ」

「砲弾は回転して飛んでいく、その通りだ。ライフリングされた砲弾の場合は安定翼が不要だから増加発射薬を取り付けると、さらに破壊力も増す。いいところに目を付けるじゃないか」

しかし冴子にはその調達方法が分からなかった。

「でも、自衛隊から持ってくるわけにはいかないでしょう？」

「ベトナムから取り寄せよう。ベトナムの旧フランス領は、未だにフランス軍との関係を保っている。そのルートが一番早い」

さすが土田だと感じ入りながら、冴子は武器の調達を依頼した。

「サイズはそうだね、工場内部が正確に分からない以上、命中後に炸裂するタイプの方がいい。MO120RTだと通常の四倍近い火力を持つんだが、爆発力を安定させるには炸薬と弾殻の厚さを調整してバランスを取ることが大事だ。八十一ミリ砲が理想的かな。冴子さんみたいな、か弱い女性でも持ち運び可能な重さだ。十キロ程度だろう」

「ふん。歩く兵器図鑑さん、ありがとね！」

「最低限の常識ですよ。破壊工作のね」

土田は笑いもせずに言った。

「二週間以内に用意しておくよ。それから、当日の気象状況予測も独自にやっておいて。大気の動きを今からチェックしておくといいよ。風向きだけは要注意だ」

「アラブでラジコンヘリを使ったときも、風向きだけは最後まで慎重に見ていたわ」

「当日は春節だ。風船でもいっぱい上げてみればいい。その中に気象用の低層用ラジオゾンデを混ぜておけばデータを取れる」

「上空一キロくらいの風向きを確認して、射角は動かさず、偏流角をコンピューターに計算させればいいのね」

土田は親指を立てると腕時計を見た。店の客の大半はいなくなっていた。

＊

土田は再び丹東市を訪れていた。

ホテルも同じだった。総支配人は土田の顔を見るや満面の笑みを湛えた。

「今夜はいかがいたしますか？」

「またあの子を呼べるかな」

「確認してご連絡します」

部屋に入ったところで電話が鳴り、総支配人は燕梅が九時に到着する旨を告げた。

土田はパソコンを取り出して貨物列車の運行状況を確認した。三日後に例の貨物列車が運行されることに変更はなかった。

季節は十二月に入った。中国の東北地方、北朝鮮の内陸部の寒さはこれから一段と厳しさを増す。衛星写真に写っているのは、枯れた草木に覆われた北朝鮮の大地だ。多くの草木は茶色く変色し、まるでモノクロームの画像を見ているようだ。こんなところにいたら気持ちまで塞いでしまうと土田は思った。

渤海湾にほど近い丹東市は、日差しがあれば比較的暖かい。問題は闇夜に乗じて脱出するときの温度と天気である。

夜九時ちょうどにチャイムが鳴った。

扉を開けると、深い紫色のチャイナドレス姿の王燕梅が小さく手を振りながら微笑んだ。

「こんばんは」

土田は燕梅を軽く抱きしめキスした。燕梅もいつになく嬉しそうな表情を見せた。

「農園のお話、書記が本当に喜んでいたわ」

「君の役に立ちたいんだ」

「ありがとう。父の不遇を挽回できれば」

「たしか君のお母さんとの結婚で……」

燕梅は肩をすくめた。

「そう。でもエリート街道より、母を愛した父を私は尊敬している」

そこへチャイムが鳴った。

「ルームサービスだ。ちょっと待ってて」

「ここでお食事をするの？」

土田は笑った。

「今シーズン最後の絨螯蟹《ロンアオシエ》があるというので、燕梅と一緒に食べたくてね」

絨螯蟹は、日本では上海蟹《シヤンハイがに》と言われている。この最も有名な産地は、中国江蘇省蘇州市にある陽澄湖だ。

「嬉しい。中国には『西風響《シアプーキヤウ》、蟹脚癢《カイキヤヨウ》』という諺《ことわざ》があるのよ」

「冬の西風が吹いてくると、雄蟹の脚がムズムズする、とかいう意味だったね」

十一月は雄の旬で、味噌と蟹肉が最も美味くなる。雌はそのひと月前のハラコを抱えた時期に旨みが増す。

二人はテーブルに着いた。

シルバーのドーム状の蓋を取ると、二匹の大ぶりの蟹が白磁の皿に盛られていた。

土田が蟹の甲羅を外し、中の味噌を箸ですくってそのまま燕梅の口に入れた。

「どうかな？　蟹肉もどうぞ」

燕梅は愛らしい口を小さく開けた。

絨螯蟹は、蟹肉と味噌の本来の味を楽しみたければ、何もつけずに食べるのがベストだ。

「とっても美味しいわ」

「よかった」

二人は顔を見合わせて笑った。

「父もこの蟹が大好きで、年に一度だけの贅沢と言って必ず食べていたの」

土田は一匹を燕梅の取り皿にのせた。

「全部ほぐしてあげようか」

「ありがとう。でも自分でできるわ。私も年に一度だけど子供の時から食べているから慣れているの」

燕梅は蟹肉を生姜の糸切りを入れた鎮江《ちんこう》産の黒酢に付けた。

しばし二人は口も利かず、目の前の蟹と格闘していた。蟹が殻だけになる間にシャンパンが一本空いた。

「ラムもオーダーしようか。ワインは張裕《チャンユー》ワイン、シャトー・チャンユー・カステルの珍蔵級を用意したよ」

「あなたは中国の美味しいものをよくご存じね」

燕梅は胸の前で手を合わせて喜んだ。

中国のワインの歴史は古い。前漢時代の紀元前一二八年頃、武帝の命を受けた外交家の張騫《ちょうけん》が西域に使節として遣わされた際、葡萄とワインの醸造技術を持ち帰ったという。漢代では、ワインは皇帝や貴族を中心に好まれた。唐代に入ると、ワイン造りが本格化し、商業化も進んだ。そして元代にかけて国内にワイン文化が広まったのである。高品質なワイン産地として知られる中国西北部の寧夏《ねいか》回族《かいぞく》自治区は、その名残を今に残している。近年、その周辺は砂漠化が進行し、主たる産地は山東省に移ったと言われる。

ラムがフィンガーボウルと一緒に運ばれてきた。

フィンガーボウルにはエンドウの芽、コリアンダー、菊の花が浮かんでいて、中国らしい趣がある。

ワインのコルクを開けたのはソムリエバッジを付けたウェイターだ。見事な手さばきである。

ウェイターは言った。

「二〇〇二年物ですが、中国では出来のいい年です」

ボルドーグラスに注がれたワインを土田がテイスティングする。豊かな果実味に加えて、オーク、アルコール感がバランスよくマッチしていた。

「素晴らしい。ラムにもピッタリだろうね」

「本日のラムはミルクフェッドラムのベストエンドです。こちらのワインとの相性は最高かと思います」

ミルクフェッドラムは生後四週間から六週間の乳離れしていない子羊を指す。

土田がチップを手渡すと、ウェイターは丁重に礼をして退室した。

「ベストエンドという部位は、頭に一番近いあばら骨が付いたリブ。いや、これは柔らかく、でも味に主張があって実にうまい」

土田は唸った。またワインと実に合うのだ。

「こんな美味しいラムにはなかなか出会えないわ」

燕梅の唇がつややかに光っている。

「このワインのブドウは、メイド・イン・チャイナだ。蛇龍珠《タロンジュ》という種でね、これを一〇〇パーセント使用しているんだ」

蛇龍珠は、一八〇〇年代に中国に持ち込まれたカベルネ・フランの一種で、カベルネ・フランとカベルネ・ソーヴィニヨンが自然交配したものと言われていた。

「お酒の話をしているあなたは実に楽しそう」

「美味しいお酒さえあれば、講釈なんていらないのにね。僕の悪い癖だ」

「ううん、もっと聞かせて」

燕梅は男心をくすぐるのが上手かった。

「では、もう一つだけ。この酒は日本とちょっとした縁があってね。この酒を造っている煙台《えんだい》張裕葡萄醸酒有限公司という会社は山東省の煙台市という場所にある。この煙台という地名の語源を知ってる？　昔、倭寇という日本の海賊が襲撃して来た時、警報の狼煙《のろし》を上げる塔、つまり煙台があったからなんだよ」

燕梅は口まで運んだグラスをテーブルに置いた。

「そんな話は普通の中国人は知りません」

「ははは。おっと、誰かの蘊蓄《うんちく》のせいでラムが冷めてしまう」

土田と燕梅はラムチョップの骨を手に持ち、同時に齧《かじ》り付いた。

その夜も二人はベッドで何度も抱き合った。

翌日、土田は配管工のような黒のツナギ姿で丹東貨物駅構内に侵入した。背負ったリュックの中には、水二十キロを入れたパックとデジタルカメラ、特殊ローラー、そして手榴弾《しゅりゅうだん》が入っている。水は実際の爆弾の重さを想定していた。

行きの列車には形ばかりの警備員しかいない。

ターゲットの貨車は今回も予定通り、進行方向十両目に連結されていた。土田は八両目と九両目の間の連結部分で息を潜めながら発車時刻を待った。

——もうすぐ出発するぞ。

発車直前、土田は十両目の貨車の車台の下に潜り込んだ。車台にかけた二本のカラビナを、ツナギの肩にあるフックと繋ぎ合わせる。腹を車台に押し付けるようにして体を固定し、手と足はブレーキケーブルの上に乗せた。ツナギの背中部分にはクロス状のベルトが入っており、二ヵ所の支点で車台から吊られている。その姿勢はまるでヤモリだ。

列車がゆっくりと動き出した。ほとんど加速せずそのままのスピードで鴨緑江大橋の鉄橋に差し掛かる。息苦しい。北朝鮮国境を越えるまで十分程度の我慢だ。外気は氷点下だったが、緊張で手が汗ばんだ。

果たして土田は北朝鮮新義州駅に密入国した。

衛星写真で確認していたとおり、貨物の停車部分にはホームというものがない。

土田は列車が停車すると同時にカラビナをはずすと、急いで付近に停まっている貨車の中に身を隠した。

三十分後、例の貨車一両を牽引する役目を負ったディーゼル機関車が警笛《けいてき》を鳴らした。発車時刻だった。土田は再び絶妙なタイミングで車台の下に潜り込んだ。

貨車は動き出し、だんだん駅が遠ざかっていく。線路のポイントが未整備のため、車台の下には激しい振動と耳をつんざくような金属音が伝わってくる。途中、何度かブレーキケーブルに乗せた手足が線路に接触しそうになった。そうでもしたら、一瞬で手足がなくなるだろう。恐ろしさに土田の鼓動は高鳴った。額から脂汗がとめどなく流れていくが拭うこともできない。

長い時間に思えたが、実際は貨車が動き出してから十分ほど過ぎたぐらいだろう。貨車は検問所で停まった。検問所の男と運転手が朝鮮語で談笑しているのが聞こえた。

——この貨車に載っているのは酒とタバコか。今日の夕方、地下工場にある集会所で分配されるらしい。

再び貨車が動き出した。これからこの貨車は前方の山へ向かうのだ。未知の世界に侵入する恐怖と興奮が土田の全身に満ちた。感覚を研ぎ澄まし、臨機応変に行動しなければ命など簡単に失うのだ。

周囲が暗くなった。貨車がトンネルに入ったのだろう、貨車のスピードが徐々に落ちていく。

二百五十メートルほどのトンネルを抜けると、薄暗い空間に出た。人影は少ない。やがて倉庫のような建物の前で貨車は停まった。ここにはホームらしき設備があった。月に一度の嗜好品の配給を楽しみにしているのだろう、貨車が到着してしばらくすると、男たちの賑やかな声がトンネル内に響いた。

貨車の左右の引き戸が開かれ、積載品の積み出しが始まった。土田は車台にぶら下がったままの体勢で、体力の限りを尽くして耐えた。時折体を捻じり、小さな鏡を使って周囲を観察する。ホーム上にはかなりの人数がいるような気配がした。積み出しは小一時間かけて行われた。

到着から一時間半を過ぎて、ようやく土田はカラビナを外した。慎重に周囲を窺いながら車台から這い出す。側溝にパックの水を流すと急に身軽になった。デジタルカメラを手に、周囲を警戒しながら三六〇度のパノラマ撮影をした。

超音波レーザーで確認したとおり、トンネル内の天井の高さは三十メートルを超えていた。

——まさに要塞だな。

奥行きもかなりありそうだ。工場らしき建物はトンネルの一番奥にあった。線路はトンネルの中央部まで引かれており、昔懐かしいボンネットトラックの姿も見えた。黄色いフォークリフトが四台、せわしなく行き来している。見れば日本の大手自動車会社の重機のようだ。密輸したものに違いない。フォークリフト一台で、今回の積載物の十分の一ほどの量を運ぶことができる様子だ。

一台のフォークリフトが工場の前で停まり、これを警備するように二人の軍人が小銃を構えている。土田は停車したボンネットトラックの陰に身を潜めていた。

すると、トンネルの外から迷彩服を着た軍人が隊列を組んで行進してきた。そのまま工場の中へ入った。

——武装した軍人だらけだ。

土田は逃走経路について頭を巡らせながら、軍人たちの動向を注視した。バケツリレーのように次々と積載物が工場の中に運ばれていく。その様子を土田はデジカメを動画モードにして撮影した。

十五分ほどして、軍人たちが工場の中から出てきた。みな迷彩服のポケットを不自然に膨らませている。それを見た土田は吹き出しそうになった。おかしさをこらえながら、軍人の様子をズームで撮影した。

──中間搾取《さくしゅ》していやがる。北の軍人のレベルなんてこんなものだろう。

土田は周囲の監視カメラの有無を確かめると、工場に近づいた。トンネル内は整理がされておらず、いたるところに廃材が積み上げられていたおかげで、土田はそれらに身を隠しながら工場に近づくことができた。

工場の外周を調べると、裏手は岩壁から十メートルほどしか離れていない。工場は百メートル四方の大きさで、重油による火力発電と地下水を利用した水力発電施設を併設していた。外部電源も引かれているようだ。ただ、建物の周囲に監視カメラや赤外線センサーなどのセキュリティーシステムが見当たらない。燃料タンクも外に晒されている。ここに外部の人間が侵入してくることなど全く想定していないのだろう。

土田は工場の裏口に回った。持参していたピッキングキットを使って開錠すると、工場内部に侵入した。

──この工場の構造はどこかで見たことがあるな。

広々とした工場内には四基の覚せい剤製造機があった。土田は低く唸った。覚せい剤製造機は、投入した原料が一定量に達すると上部投入口が自動的に閉じられる最新型で、日本からの密輸品に改良を加えたものだろうと思った。

工場内では小銃を肩にかけた監視員が見張り役をしていた。土田は息を殺してデジカメを動画モードで回し続けた。工場の中央部に監視センターと思われるガラス張りの部屋があり、そこでは十数人の技術者が働いている様子である。

土田は時間をかけて工場とトンネル内部を調査した。

突然サイレンが鳴った。

土田の全身から血の気が引いた。猛スピードで燃料タンクの陰に隠れると、手榴弾を握り締めた。体を硬く強張らせると自分の心臓の音が聞こえるようだった。

工場から十数名の作業員が出ていった。また、トンネルの外からも何十人もの作業員が、談笑しながら戻ってくる。

サイレンは終業の合図だったのだ。時計を見るとちょうど午後四時である。

——配給の時間か。そろそろお暇《いとま》するとしよう。

作業員たちが集会所のような小屋に入っていくのを確認すると、廃材に身を隠しながらトンネル入り口まで来た。

地上が見えた。目の前に線路が伸びている。トンネルのそばを流れる川に沿って土田は全速力で走った。人目につかずに地下工場から離れるためにはここを走るしかない、そう衛星写真から判断していた。見渡しのよい線路沿いに走るのは危険すぎた。

そのまま一・五キロほど走った。ここまで離れれば大丈夫だろう。土田は向きを変えると、今度は線路が伸びる方向へ走りだした。腰ほどの高さの枯草で覆われた原野を体をかがめながら小走りで抜けていく。土田は約五キロの道のりを三十分未満で走り切った。肩で息をする。口の中は乾ききっていた。

柵が見えた。検問所は近い。外周道路に沿って立てられた柵には高圧電流が流されている。触感センサーも取り付けられているだろう。土田は衛星写真を見て、あらかじめ川の支流がある場所を確認していた。頭の中の地図に沿って歩くと、道路の下を流れる川を見つけた。土田は川から柵の外に出た。

――計画通りだ。あとはこの原っぱを抜けて新義州駅まで滑るだけだ。

自信が湧き上がるのを感じながら、再び身をかがめて枯草の中を線路に沿って走った。検問所からはすでに数キロ離れている。

土田はリュックの中から靴底に取り付ける特殊ローラーを取り出した。線路上を走るために作られた電動のスケーターで、最高時速は五十キロにもなる。左右の足を前後にしてレールを挟みながら進むため、バランス感覚がないと転倒しやすい。

土田はレールの上に腰を落とし、特殊ローラーの電源を入れた。静かにローラーが滑り出した。この特殊ローラーを開発したのは公安部のダミー会社である。

――開発担当者は「いつかこれでシベリア鉄道を横断する」と宣言していたな。

ふと思い出すと、土田は小さく微笑んだ。

暗くなった線路の上を土田は音もなく滑走した。

新義州駅手前、二百メートル地点で特殊ローラーの電源を切った。中腰の体勢はつらい。腰と太ももが悲鳴を上げている。ツナギも脱ぎ、上下薄いグレーの労働者風の服装になった。

新義州駅脇には、中朝の国境間のみ営業を許されている特殊な乗り合いタクシーが数台停まっていた。行商人や旅行者も利用することができ、原則として中国時間の午後五時まで動いている。さらに少しの金を上乗せすれば、時間外にも動かしてくれた。

時間は午後五時を少し過ぎていた。土田がタクシー運転手に十元余計に渡すと、無愛想な運転手が笑顔を見せた。北朝鮮側の兵士には五元を渡した。兵士は素知らぬ顔でゲートを開いた。古い車だったが、鴨緑江大橋をわずか一分で渡ると、中国側の公安に十元を渡してゲートを開けさせた。これも計画どおりだった。

車の中で服を着替え、午後六時過ぎにホテルに戻った土田は何食わぬ顔で総支配人に挨拶をして部屋に入った。この寒さにもかかわらず全身ぐっしょり汗をかいていた。

＊

「中国のハワイ」とも言われる海南島は、十二月にもかかわらず三十度近くまで気温が上昇した。

岡林剛はレイバンのサングラスをはずし、レンタカーを借りるためにカウンターの前に伸びる長い列の最後尾に着いた。

数年前まで、ここ海南島でレンタカーといえばドライバーとガイドが付く観光タクシーを指した。やっと車単体で借りられるようになったのだが、中国国内では国際免許証が適用されないため、車を運転するには中国政府が発行する運転免許証が必要だった。免許証の取得は実に容易で、在留許可証さえ持っていれば誰でもほぼ間違いなく取ることができた。

「ここへはあなた一人？」

カウンター越しに、レンタカー会社の若い女が岡林に聞いた。前の客の手続きが思いのほか手間取ったため、女は岡林を気遣ってか愛想よく話しかけてきたようだ。リゾートで一人、車を借りる男も珍しかったのだろう。

「ああ、仕事で来た」

岡林は低い声で形式的に答えた。旅行客の中には、アバンチュールを求めリゾートを一人で愉しみに来る外国人もいることは確かだ。

「海南島を楽しんで」

無言でキーを受け取ると、岡林は車を十分ほど走らせマリオットホテルの正面玄関に停めた。

ロビーはリゾートらしい開放感にあふれていた。水着に一枚羽織っただけの若い娘たちが、伸びやかな肢体をさらしている。その様子に見向きもせず、岡林は無表情のまま八階の部屋に上がった。

ベランダに出ると眼下に白い砂浜とブルーグリーンの海が広がった。強い日差しが顔に降り注ぎ、岡林は反射的に目を閉じた。舌打ちをしながら、胸ポケットからサングラスを取り出して掛けると、岡林は双眼鏡を覗いた。マリオットホテルは亜龍湾の概ね中心に位置しており、湾全体を見通すことができる。それが仕事場としてベストだと思い、前回と同じくここでの宿泊を決めたのだ。

夜中、岡林はボディスーツを着てビーチに出た。どこまでも続く黒々とした海は不気味である。

一人海岸を歩いていると、ビーチサイドに立つ広告看板に目が留まった。「アイランドマリンスポーツサービス」——看板は煌々《こうこう》とライトアップされている。

「〝亜龍湾ビーチの砂浜は白く、遠浅の穏やかな海は泳ぐのに最適！〟だとさ。危ないよなあ。このビーチは遠浅なんかではなく、外洋に面しているからある場所で急に深くなるんだ。波も高い。泳ぎに自信がなければ、ビーチの周辺で水遊びするぐらいにしておかないとね……〝ダイビングオートバイも人気！〟。そうか」

岡林は独り言を呟きながら海へ近づいた。ある地点に差し掛かると、おもむろに手に持っていたシュノーケルを装備して海中に頭を沈めた。そしてゆっくりと沖へ向かって黒い海を泳ぎだした。

百メートルほど沖に出ると波が高くなった。少し体勢を崩すと沖の方へ引き込まれそうになる。方角を確認しながら、岡林は軍事基地の方へ泳いでいった。時折、水から顔を出すと、完全防水のデジタルカメラで沖から基地周辺を細かく撮影した。

——潜入コースはフリゲート艦の航路に合わせよう。そうすれば色々なセンサーから探知されずにすむだろうから。


翌夕方の日没前、岡林はダイビングセットを積んだレンタカーで「アイランドマリンスポーツサービス」に向かった。ビーチはサンセットを待つカップルや、夢中で砂城を作る子どもたちで賑わっている。

非常口をピッキングで開けて店内に入ると、ダイビングオートバイが置かれている場所を探した。ダイビングオートバイは、エアロバイクのような形をした海中バイクで、大きなヘルメットをかぶって乗れば海の中を走るような感覚が味わえる。海南島で流行中のマリンスポーツだ。

並べられた中からバッテリーが完全に充電されているものを選ぶと、岡林はダイビングオートバイを海辺に運んだ。ハッチを開けてヘルメットを出し、装着する。首掛け式の簡易浮力装置に二本のエアータンクをセットした。

ダイビングオートバイはレジャー用とは思えない速度を出した。

——こんなにスピードが出て危険じゃないのか?

よくよく見ると、「救援用」と記されている。

——そういうことか。

コンパスとダイバーズウォッチを頼りに、海の中をハイスピードで基地方向に向かった。すぐに海軍基地の桟橋付近まで辿り着いた。桟橋に沿って海岸の方へゆっくりと戻る。桟橋にも護岸にも、センサーらしきものが見当たらない。外敵が侵入してくることを想定していないようだ。

岡林は砂浜の手前にダイビングオートバイを停め、ナイトスコープに切り替えたゴーグルをつけゆっくりと水面から顔を出した。ここでもデジカメを取り出して、軍事施設をパノラマ撮影した。

「お前さんはここで待っていてくれ」

ダイビングオートバイに簡易浮力装置とフィンを括り付け、目印の赤外線感知器を起動させると、水深約五十センチの場所に沈めた。

三百メートルほど波打ち際を走った。なるべく足跡を残さないためだ。砂浜から軍事基地までは、木が生い茂っている。腰をかがめて木立に近づくと、周囲を警戒しながら慎重に軍事基地に近づいていった。

軍事基地まで五十メートルという場所で、基地を警備する歩哨《ほしよう》の姿を目撃した。

陸軍の制服を着た男で自動小銃を手にしている。自分と歩哨の距離は数メートルしか離れていない。岡林は思わず息を呑んだ。急いで木陰に隠れて様子を見ていると、もう一人周辺を警戒する歩哨がいることが分かった。

ゴーグルのナイトスコープスクリーンを拡大モードにし、基地を注視する。監視カメラは設置されていないようだ。

しかしここからが問題だった。この先五十メートルは、整備された道路で木々はない。身を隠すものが何もなかった。

岡林は悩んだ末、地面に這いつくばるように匍匐《ほふく》前進を始めた。息を潜め、二人の歩哨に気づかれないようにしながら、音も立てずに腕の力のみで進んだ。

ようやく軍事基地までたどり着いた。

壁にそって時計回りに建物の入り口を探すと、二つ目の建物の入り口ドアが開いており、そこから人の声が漏れてきた。建物の西側には居住棟らしきものが見える。

その瞬間、岡林は身構えた。居住棟の方から、陸軍の制服を着た若者たちが騒ぎながらこちらへ向かって歩いてくるではないか。十人ほどのグループだろうか、腰に小銃を差した男もいた。だんだんと人影は大きくなってくる。

──このままでは見つかってしまう……くそっ！

岡林は一か八かで開いたドアから建物内に侵入した。

幸い入り口付近には誰もいなかった。岡林は胸を撫で下ろした。前を向けば目の前は非常階段である。「一気にいくか」そのまま最上階まで駆け上がった。

建物は十二階建てのビルが五棟連なる大施設だった。明かりの消えた最上階で一息つくと、慎重に様子を窺いながら今度はゆっくりと階段を降りていった。一つの階ごとに非常階段からフロアの様子を確かめる。上層階の電気は消され、廊下は真っ暗だった。

八階まで降りると、煌々と電気の点いた部屋があった。咄嗟に天井を見たが、ここにも監視カメラは置かれていない。監視カメラ社会の中国でも、内部の者に対しては甘いのだ。

岡林は薄暗い廊下を一歩一歩摺り足で進んだ。

廊下と部屋を隔てるドアにはカード式のセキュリティーがついていた。岡林がスキミング技術を応用した特殊カードを差し込むと、セキュリティーロックは簡単に解除された。

ドアを数センチ開け、そっと中を覗いた。二人の若者がコンピューター画面を見ながら夢中でキーボードを叩いているのが見える。

――この棟はハッキングセンターだろうか。

岡林はゆっくり後ずさりして部屋を出た。この施設には、千人以上のハッカーが交代制で昼夜対外工作をしていると考えてよかった。中国国内のネットを使った世論誘導役「五毛《ウーモ》」は約三十万人いると言われるが、ここでハッキング活動をする紅客たちは、その彼らを率い、けしかけるリーダーのような存在でもある。

岡林は別棟の本館と思われる建物にも侵入した。士官の個室が並ぶフロアもある。

――最低、ここは跡形もなく吹っ飛ばすぞ。

さまざまな箇所をデジカメに収めた岡林は、建物を出ると、来た道をより慎重に戻って行った。


「これはこれは岡林先生、その節はお世話になりました」

翌朝、岡林が三亜市公安署長の郭《クオ》を訪ねると手厚い歓迎を受けた。

「郭さん、お久しぶりです。またリゾート気分を味わいに海南島へ参りました。我が国にもこんなリゾートがあればと思うと、羨ましくてなりません。さて、前回お願いさせていただいた例の件ですが……」

岡林は前回海南島を訪れ郭に世話になったとき、次に来たときには亜龍湾内から三亜市を見たいと頼んでいたのだった。

「ええ、お任せください」

郭は上機嫌で続けた。

「私の署には最新鋭の高速警備艇が数艇あります。こちらで沖までご案内いたしましょう。海から見る三亜は、ほれぼれとする美しさです。さすが先生、お目のつけどころが素晴らしい！　よろしければ、これからすぐにでも準備いたしますよ」

岡林は穏やかに微笑んでみせた。

「大変光栄です。喜んで」

高速警備艇は時速八十キロ以上のスピードがでる。後ろに波を作りながら、黒い高速ウォータージェットは風を切って海を縫うように走った。

「これは速いだけでなく小回りが利くため、麻薬取引などの不法行為を摘発するのに役立っています。偽装漁船なんていうのも、このウォータージェットが追いかければひとたまりもないでしょう。兎が亀を追うようなものです」

郭はその説明を聞いた岡林の動揺も知らず、眉を上下に動かしながら得意そうに語った。

——軍事基地を爆破した後、偽装漁船では逃げ切れないということだな。土田に提案された作戦とは別の方法を練り直すしかないだろう。

岡林は何食わぬ顔で答えた。

「偽装漁船も最近では改造されて、かなりスピードが出てきたのではないですか」

「よくご存知で。ただ、改造船は直線航行には向いていますが小回りが利かないので、こういう湾内ではその威力も半減です。湾を出て長距離を逃げる奴はヘリで追います。最終的に、言うことを聞かない船はどこのどんな船だろうと容赦なく沈めます。ヤクなどの証拠もろともね。はっはっは！」

郭は自慢げに言った。共産主義社会では問答無用の措置が通用するのだろう。麻薬の証拠品などは残す必要もないということか。

岡林は高速警備艇について、その最高速度や航続距離などの詳細を聞いた。自動小銃などの装備品に関しても質問を加えた。感心するような素振りで聞くと、郭は嬉しそうに何でも喋った。聞けば聞くほど高速ウォータージェットの馬力は強烈だった。

——早急に次の手段を考えるしかない。さて、俺はミッションをどうしたら完遂できるのか。

岡林は郭に礼を言うと、破壊工作についてもう一度熟考しなければならないと思った。早速、ホテルのラグジュアリーな部屋で思考を巡らしてみたが、一向に妙案が浮かばない。

「ちょっと気分転換に出かけるか」

頭を切り替えるため、岡林は鴻港《ホンガン》魚市場へ向かった。地元の海産物に興味があったからだった。市場でも生魚は意外に少なく、小エビ、干し魚、ナマコ、魚の浮き袋、アワビ、スルメイカなどの干物が目立った。一方、ひときわ目を惹いたのが真珠だった。

真珠は三亜市の特産品として有名である。亜龍湾では養殖真珠と天然真珠が採れる。地元メーカーが開発した、真珠パウダーを配合した化粧品は大ヒットし、土産としても人気があった。

「そうか、真珠か……。これは使えるな」

岡林はその足で再び公安署長室を訪ねた。

「郭署長、先ほどは誠に貴重な経験をさせていただき、何と御礼を申し上げてよいか分かりません。先ほど今日の御礼について考えながら市場を歩いていたところ、美しい真珠が目に留まったんです。そこで閃《ひらめ》きました」

「ほう、何です？」

郭は目を輝かせて次の言葉を待っている。

「日本の技術をここ三亜で活かし、真珠の養殖をやってみませんか。日本の養殖技術は優れたものです。失礼ながら、郭さんの退職後の商売には最適かと思いますよ」

「何と素晴らしいご提案でしょう！」

郭は手放しに喜んだ。

岡林はすぐに日本の英虞《あご》湾の真珠養殖業者に連絡を入れ、養殖用の天然母貝の海底分別柵を送ってもらう手筈を整えた。

――いいチャンスだ。

岡林はそう思うと、心の中で不敵な笑みを浮かべた。

数日後、日本から国際便で届いた海底分別柵を抱えて、岡林は郭のもとを訪れた。

「郭署長、早速届きましたよ。これが養殖に必要な海底分別柵です。そしてこちらは天然本真珠のサンプルです。よろしければ奥様に」

「岡林先生はなさることが違います。ありがたく頂戴いたします」

すぐに手の中に収めたサンプルの真珠をしげしげと眺める郭を見ながら、岡林は明るい声で言った。

「この柵を海藻のある海に阿古屋《あこや》貝の母貝を入れて沈めておくのです。そこまでは私がやります」

「先生が自ら潜られるのですか」

郭は目を丸くした。

「ええ、ダイビングは長年の趣味でして」

「中国武術の世界師範でいらっしゃる先生なら、どんなスポーツでも一流でしょうね」

郭は興奮した様子で岡林を褒めちぎっている。

「母貝は五年でこのサンプルぐらいの真珠が育つでしょう。毎年この作業を繰り返せば郭さんは大金持ちになりますよ」

郭は顔を紅潮させた。

「先生、ボートが必要でしょう。うちの職員を応援に出しますから」

「いえ、公私混同はよくありません。私は署長にそんなことしていただきたくない。しかしもし可能ならば、ボートは遠慮なくお借りします。それから、目印のブイも必要です。公安以外は立ち入らないような海域を教えてください」

「ホテル群と軍事基地の間の海に柵を設置すればいいでしょう。軍も公安には遠慮しますし、設置についてはこちらからも軍の幹部に連絡しておきます」

「そのうち軍の幹部も真似をしたがるかも知れませんね」

岡林は話を合わせた。

「軍の連中は転勤族ですから難しいでしょうねぇ。真珠がたくさん採れるようになったら、幹部への手土産にしますよ。あそこの海軍のトップは必ず党の幹部に上っていくのですよ」

二人は満面に笑みを湛えながら、固く握手した。

深夜、暗いホテルの部屋でパソコンに映し出した軍事基地の画像を見ながら、岡林は思案していた。

「施設の破壊にはプラスチック爆弾を使おう」

プラスチック爆弾は可塑性爆薬の一種で、対象物の形状にあわせて形を自由に変えることができる特殊な爆弾である。

岡林は軍事基地の建物の強度が知りたかった。オメガ北京支局に問い合わせると、すぐに詳細データが送られてきた。監視衛星から軍事施設に赤外線レーザーを当て、鉄筋の強度を測ったのだろう。

「三十キロのプラスチック爆弾で丁度いいかな。これに起爆装置、雷管《らいかん》が必要で、さらに時限装置を持ち込めば重さは増すな」

岡林は入念に計算をし、総重量は六十キロほどになると踏んだ。

「まるで本格的な戦争を仕掛けるみたいだな」

建物と同色のタイルも入手しよう。爆弾の上からタイルを貼ればカモフラージュできる。あとは目立たぬように雷管を取り付け、起爆装置で爆弾が一気に爆発するシステムを組めばよかった。

「俺もなかなかの技術屋じゃないか」

必要な材料は北京支局にオーダーすればすぐに届けられるだろう。

「組み立てたプラスチック爆弾を郭に送っておくんだ。養殖用の海底分別柵を設置する道具といっておけば、署内で大切に保管してくれるはず」

岡林は一人声を出して笑った。

そして作戦準備は予定通りに進んでいった。

「郭さん、この度はボートをご手配いただき恐縮です。また荷物をお預かりいただきありがとうございました」

「先生には全面的にご協力しますよ」

岡林は公安と書かれた小型警備艇に乗って沖へ出た。

基地近くまで来ると小型警備艇を止めて水中に潜った。ボートの上で工作をしては目立ってしまう。岡林は五メートルほど潜ると、水中でプラスチック爆弾の加工を始めた。

入手したプラスチック爆弾はC－4という、世界中の軍隊で使用されている種類だ。爆弾のサイズが四キロもあれば、幅二十センチの鉄柱を楽に破壊することができた。

基地建物の鉄筋の幅は最大で十四センチしかないことが分かっていた。岡林は爆弾を一・五キロずつの煉瓦状に切っていった。

C－4は粘土状の固体で変形が容易だ。耐久性や安全性も高く、衝撃などで暴発することはまずない。また引火しても燃えるだけで爆発はしなかった。C－4を正確に起爆させるには、起爆装置と雷管が不可欠だ。

岡林は水中で音楽を聞きながら、楽しく作業を続けた。

公安の小型警備艇は赤灯をともしていた。誰も近づいてこない。小一時間かけてプラスチック爆弾を成形すると、切り分けた二十個の塊のうち四個に雷管を装着した。残りの十六個は四個ずつ小袋に分けた。

破壊工作の準備を終えると、真珠の棚作りに入った。電動ドライバーは公安から借りた。三十分もかからず設置を終え、ボートの上で一休みをする。

しばらくすると岡林は再び海に飛び込んだ。天然の母貝四十個を手に持っている。

真珠の棚と重石用のコンクリートブロックはすでに海底に沈めていた。

棚は海藻が適度に茂っている場所に沈んでいる。棚が水平になるようコンクリートブロックで位置を固定し、母貝を三段に分けて綺麗に並べ、その外周に覆いを付けた。覆いには赤字で大きく「公安」と書いた。

浮き上がった岡林は、公安用のブイを棚の上部に取り付けてロープの長さを調整した。長さは満潮時に合わせているため、ロープは張っていた。ブイを引っ張っても棚はビクとも動かなかった。

再び水中に潜ると、岡林は小分けにしたプラスチック爆弾を軍事基地がある海岸線の近くまで運んだ。水深五十センチの砂地に穴を掘り、そこに白い網で覆ったプラスチック爆弾を埋めた。場所が確認できるように赤外線センサーを取り付けている。

――イルカ実験のおかげで、この海岸線が安全だと分かったんだよな。イルカだって立派な国士だ。

岡林は警備艇に戻るとウェットスーツを脱ぎ、公安用の桟橋までボートを走らせた。

夜になると、岡林は再び車をアイランドマリンスポーツセンターに向けた。慣れた手つきで店内に侵入する。「救援用」と書かれたダイビングオートバイを探すと、さっそく海に運んだ。

コンパスとダイバーズウォッチで方向を確認しながら、赤外線センサーを頼りにプラスチック爆弾を隠した場所に辿り着いた。人目に付かぬよう急いで爆弾を掘り出す。

岡林は武術で鍛えた太い腕で、数十キロの爆弾を担ぎ上げると砂浜から木々の間を抜けた。

――Xデー当日は爆弾を一度に運べるようにしたい。爆弾の他に時限装置も運ばなければならないんだ。

基地のどこに爆弾を設置するかはすでに頭に入っている。二十ヵ所すべての場所を、衛星写真で何度も確認した。無駄に動くことなく効率よく一ヵ所ずつ設置していく自分の姿をイメージしながら、岡林は木々の陰に再びプラスチック爆弾を隠した。

第七章　横槍

できる。
衆議院第一議員会館に入る岩淵《いわぶち》事務所からは、首相官邸を綺麗に見下ろすことが

警察庁キャリアから政治家へ転身し国政の重鎮として存在感を発揮する岩淵角大《すみひろ》は、かつての部下である警察キャリアの白洲《しらす》誠司《せいじ》を自室へ招いた。

「昔、白洲君のところに岡林剛という猛者《もさ》がいたね。君の同期だった」

「ええ、岡林が辞職してから六年ほど経つでしょうか。変わり者で通っていた奴ですから、辞めた理由もよくわかりませんでした」

岩淵角大は渋い顔をして顎《あご》を撫でた。

「僕は岡林のことを大学時代から知っていました。当時、あいつは少林寺拳法部の主将で目立っていましたね」

岩淵はデスクの受話器を取って秘書に電話を入れた。

「本城《ほんじょう》君。先週、中国から届いた資料を持ってきてくれないか」

秘書の本城朱音《あかね》がブラウスに黒のタイトスカート姿で入室した。白洲にとって居心地の悪い岩淵事務所に来たときの唯一の楽しみは、朱音の姿を見ることである。白洲の独自調査によると、朱音のプロポーションの良さは女性議員秘書の中で三本の指に入った。またマスコミ関係者の話によれば、朱音は岩淵の女らしい。

朱音は腰をかがめて岩淵に資料を差し出した。大きく開けたブラウスの胸元が気になって、白洲はつい腰を浮かせる。

「ありがとう。コーヒーを二つたのむ」

――コーヒーを出してもらえるなんて、俺も偉くなったな。

この事務所では岩淵が指示をしない限り客に飲み物は出ない。コーヒーが出てくれば、まともな客として一人前に扱われていると思ってよかった。

朱音は目を伏せて退室した。その後ろ姿を食い入るように白洲は見ていた。

「おい、資料を見てくれよ。これが岡林か？」

「は、申し訳ありません！　ええとそうですね、昔からあまり変わっていません」

何枚かの岡林の写真と撮影場所が記されたレポートを見ながら、白洲は答えた。

「どれも中国国内で撮られた写真のようで」

「このカンフーの道着のような姿は、最近あった中国主催のレセプションでの姿らしい。変な奴だな」

白洲はその写真を見て吹き出した。会場の中央で、白の中国武術の衣装を着てポーズをとっている。まるで見世物パンダだ。

「岡林は武術と拳銃の達人なんです。キャリアにしては珍しい武闘派といいますかね。肉体が自慢なんですよ」

岩淵は腕組みをしながら呟いた。

「なるほどな。それで奴はどういう理由で辞めたんだ。警察キャリアが途中で辞めるのは、なんらかの不始末を犯した時ぐらいのものだろう」

「なんでも部下の不祥事が原因だったとか。よくわかりませんが」

「組織は慰留しなかったのか」

「慰留されたと聞いています。しかし、本人は言い出したら聞かないタイプですから。仕事は確かにできるらしいですが、変人なのでしょう。自分にも他人にも厳しすぎるから、岡林を慕う後輩はゼロですね」

噂話が好きな白洲は口が悪かった。

岩淵はまだ納得いかないような顔つきをしている。白洲は興味本位に尋ねた。

「岡林が何か問題でも起こしたのですか」

「いや、何を起こしたという訳ではないのだが、ちょっと小耳に挟んだことがあってな。経団連が主催した深圳市経済特区への視察旅行に突然申し込んで来たはいいが、視察団が帰った後も中国国内をぶらぶらしながら何やら嗅《か》ぎ回っているらしい」

「中国側がよく思っていないわけですね」

「それが奴は中国武術の達人だろう、党の幹部からは可愛がられているようだ」

「なるほど……岡林らしい動き方ですね。昔もそんなことがありましたよ。在外公館の一等書記官時代、外交官特権をフルにいかして、あらゆる場所に出没していたという話です」

「情報収集のプロなのか」

「いえ、キャリアですから特別な訓練は何も受けていないでしょう。空気が読めず、図々しい奴なんですよ」

「現在の岡林について、ちょっと調べてくれないか」

岩渕は首を捻ると不機嫌な顔で言った。

「代議士、この情報はひょっとして日本企業関係者からの情報ですか」

白洲は立場をわきまえずに質問した。その言葉を聞いた岩淵がさらに機嫌を悪くした様子にも気づかず、白洲は調子に乗って続けた。

「中国に進出、あるいは進出を考えている多くの日本企業は、中国の地域ごとの実態を掴みたくて仕方がない様子ですよね。それだけじゃない。様々な許認可に関する直のルートが欲しくて、人脈構築を狙っています。そこに岡林みたいな奴が現れると、鬱陶《うっとう》しいじゃないですか。おいしい所を全部持っていかれてしまうと危惧《きぐ》して……」

「お前がそんなことを知る必要はない！」

岩淵は声を荒らげてぴしゃりと言った。しかし、そこには図星を突かれた悔しさがにじみ出ているようだった。

――献金を受けている会社からの要請だな。

白洲は平謝りをして立ち上がった。

「コーヒーをお持ちしました」

そこへお盆にコーヒーを載せた朱音が微笑みながら部屋に入ってきた。

「せっかくだから、コーヒーを飲んでいけ。この件は早急に調査してくれよ」

朱音は淹れたてのコーヒーを白洲の前に置いた。白洲の視界に彼女の胸の谷間が入った。白洲は、目を逸らさなければと必死で思いながらも、谷間に釘付けになって離れない。

ふと視線を感じた白洲が顔を上げると、自分を見る岩淵の目は怒りに満ちている。白洲は火傷《やけど》覚悟で無理やりコーヒーを喉に流し込むと、礼を言ってすぐさま退室した。

白洲は出向先の内調のデスクに戻り、さっそく警察庁の人事課に岡林について問い合わせた。しかし、意外なことに一切のデータが残っていないと言われた。寝耳に水で、なすすべもなく白洲は途方に暮れた。データは警察庁長官命で抹消されているというのだ。不審に思ってさらに調べると、ここ数年の間に退職した警察官十五人のデータが消されていることが分かった。彼らの大半は、辞める直前、警察庁警備局に在籍していたことも共通していた。

白洲はふと疑念を持った。

――警備局と警察トップが絡んで何か企んでいるのではないだろうか。

「津田《つだ》さん、ちょっとこの人物を調べてもらいたいんだ。彼は警察キャリアだったんだが、事情があって六年前に辞職している。警察庁のシステムから彼の人事データが抹消されているんだよ。国会議員に転身すれば、警察官時代のデータが削除されることはあるけれど、彼のケースは違うからな。これはある国会サイドからの要望だ。内密に頼む」

白洲は内調に出向中の警視庁公安部の警視に声を掛けた。

「六年前の在職時、岡林さんはどちらの部署にいらしたのですか」

津田は質問した。

「警備局外事課課長だ。その後、県警本部長だったな」

「それなら当時の政官要覧にフルネームと生年月日が出ているはずです。運転免許証を調査して現住所を確認し、巡連簿冊を調べて住民票を確認しましょう。現在、その方はどちらにいらっしゃるのですか」

「中国らしい」

「では入管に出入国の事実調査をしましょう。もちろん公安部長まで決裁を取って行う予定です」

何も知らない津田は上司の命に忠実だった。

根本は諜報課長の押小路を警備局長室に呼んだ。

「何でも白洲のバカが岡林のことを調べて回っているようだ。今日、公安部長から連絡が入った」

「白洲はあれでいて妙に勘が働く男なんですよね。彼のためにも、これ以上首を突っ込まなければいいのですが、仕事を干されているので時間を持て余しているのでしょう」

押小路は大きく息を吐いた。

「白洲は岡林と同期だったな。人事課長が、この五年間で備局から辞職した連中の名簿を出すよう白洲に頼まれたと報告してきた。なんとかごまかして教えなかったようだが」

二人はしばし思案に暮れた。

「面倒だな。どうやって動きを止めるかだ」

根本は腕組みをして押小路の意見を待った。

「白洲に調べさせているのは誰なのでしょうか」

「国会サイドというから、岩淵角大あたりではないかな」

「献金を受けている会社からのクレームでしょうか。岡林に中国をうろつかれると目障りだと。中国政府が嗅ぎまわっているということではないですね？」

「ああ、中国のお偉方からは〝先生〟と呼ばれているようだからな」

根本は武術のポーズをしてみせる。

「今まさに、彼はエージェントとして大仕事にかかろうとしているところです。このタイミングで変な話を持ち出してくる奴は、誰であろうと消えてもらわなければなりません。国防に関わる問題です」

押小路は硬い表情でそう言い切った。根本も大きく頷いて同意した。

「公安部に調査を進めさせよう」

一方、津田は公安部仕込みの捜査能力をいかし、手際よく岡林の調査を進めていた。

岡林剛の住民票を確認し、海外渡航歴を調べた。渡航歴から出国時の搭乗機を割り出し航空会社の総務に連絡を入れた。この航空会社の役員には公安部OBが入っている。すぐに搭乗予約をした旅行会社が判明した。旅行会社に問い合わせると、この席の支払いは四菱化学グループの子会社で桐朋化学株式会社総務部だと教えられた。

津田は白洲に調査報告を上げると、白洲は喜んだ――すぐに岩淵に教えよう。

「津田、よくやったな！　よし、これからちょっと飲みにいくか。いい酒を出すところがあるんだ」

この日が津田にとって最後の出勤日になってしまった。

翌日、津田は朝一番に警視庁警務部人事第一課監察係から出頭要請を受け、即日で出向の任を解かれると同時に警視庁刑事部に身柄を拘束された。職務上知りえた秘密を漏洩《ろうえい》したとして、国家公務員法違反、地方公務員法違反容疑に問われたのだ。白洲と津田の電話は全て傍受されていた。

白洲はと言えば、まだ登庁していないようだった。

第八章　春節

旧正月まで十日となった。一月中旬の中国では、春節を祝おうと故郷へ帰る者が増え始めていた。

丹東貨物駅には年越しの食料や支援物資をのせた貨物列車が止まっている。その車台の下で土田は発車の合図を聞いた。前回予行演習をした通りに、今回も北の地下工場へ潜入すればよいだろう。今回は、水を入れたパックでなく、プラスチック爆弾と時限装置を背負っていた。

――冴子さん、うまくやっているかな。

一度侵入と脱出を成功させているだけに、土田は気持ちの余裕を感じていた。ただし本番は今回だ。あらゆるアクシデントを想定し、何としてでもミッションを完遂しなければならなかった。

新義州駅では刺すような寒さに思わず体が震えた。外気はマイナス十度である。

土田の手はかじかんだ。左右の手の指は細かな作業を行うため冷やしたくはないが、すでに指先の感覚が鈍っている。時折ポケットに忍ばせたカイロを握った。

ディーゼル機関車に接続された貨車は、前回と同じように山へ向かった。トンネル内に貨車が停車した。土田は慎重に這い出し、リュックからプラスチック爆弾を取り出すとナイフで小さな塊に切り分けた。

周囲の様子を窺いながら、工場の裏手に進む。

まず工場の電源装置に爆弾をセットした。次は工場の内部、燃料タンクだ。手にもったメモの通り、トンネル内にも爆弾を設置していった。トンネル内の地盤をコンピューターで解析し、爆弾で落盤可能な地点をチェックしてあったのだ。トンネルだけは完全に塞いでおきたかった。時限装置はトンネルの入口から五十メートル地点に置いた。

逃走経路も前回と同じだった。

電動ローラーで颯爽とレールの上を走ると、新義州駅舎が見えてきた。

駅舎について腕時計を見た。午後七時——爆弾のセットに時間がかかったため、前回よりも新義州駅に着いたのは遅かった。タクシーは一台も停まっていない。しかしこれも予想されていたことだ。

——それでは、いきますか。

土田は落ち着いて深呼吸した。これからは神経を一段と集中させなければならない。滑り止めがついた分厚い手袋をはめる。それからポットに入れたホットウィスキーを飲んで体を温め、気力を奮い立たせた。こういう時は安酒の方が体にアルコールが残ってよかった。

新義州駅の裏手を通って鴨緑江大橋に向かった。全長約九百五十メートルの橋を中国まで歩いて渡るのである。土田は橋の外側に突き出た幅数十センチしかない鋼鉄の上を一歩一歩慎重に歩いた。暗闇の中で建設現場に仮設された足場を移動しているようなものだった。この時間になれば外気はマイナス十度を下回っているはずだ。吹きつける風が容赦なく体を冷やしていく。足元は完全に凍結していた。

土田は一キロ足らずの橋を一時間以上かけて渡った。

あと十メートルというところまで来た。リュックをおろしツナギを脱ぐ。ツナギの下は綿の作業スーツだったが、汗でじっとりと濡れていた。体が急速に冷え、体温が奪われるのがわかった。土田は残りのホットウィスキーを勢いよく喉に流し込むと、ポットを川に投げ捨てた。

何とか橋を渡り切り、線路を伝って丹東貨物駅舎へ滑り込んだ。長い貨物列車が

四、五列並んでいる。気は張っていたが、体力は大きく消耗していた。貨車の間に身を隠して一息つくと、物陰を這うようにして出口に向かった。

そのとき土田は後頭部に冷たいものを感じた。

「不可动《ブクエドン》（止まれ）！」

土田の後頭部に小銃が突き付けられた。

＊

岡林は旧正月の一週間前に三亜市海南島に入った。

日の入り前、岡林は車でマリオットホテルを出ると、アイランドマリンスポーツセンターの裏手の駐車場に車を入れた。

海に入り、慣れた手つきでダイビングオートバイを発進させる。水中を勢いよく動き出したバイクはもちろん「救援用」である。

ほとんどコンパスに頼ることなく軍事基地近くの砂浜に着いた。

ナイトスコープのゴーグルを陸上用に切り替えて木々の間に分け入る。スパイ糸の様子から、地中に埋め、隠しておいたプラスチック爆弾と機材はそのままの状態であることがわかった。埋めたものを掘り起こしたり、移動させたりしていればスパイ糸は形状を変えているはずである。

岡林は地中に埋めてあった六十キロ以上の爆弾と機材を背負うと、低い姿勢で軍事基地に接近した。旧正月前の基地は、どこか緩んだ気配が漂っている。運の良いことに、周囲を警戒する歩哨の姿が見えない。岡林は建物めがけて全速力で走った。

爆弾をどこへどのように設置するかは、何度となく頭の中でシミュレーションしていた。その手順どおり、プラスチック爆弾を建物の壁にセットし、その上から壁と同色のタイルを被せ、オフホワイトの爆弾が見えないようにした。

――訓練と同じようにやるだけだ。

気持ちを落ち着かせながら、爆弾を素早く確実にセットしていく。ハッカーの作業棟に仕掛けを終えると、岡林は本館内に侵入した。幹部の個室が並ぶ。

――ここだけは内部から爆破すると決めていた。

二つのプラスチック爆弾を持ち砂浜へ戻った岡林は、ダイビングオートバイを桟橋に向かって発進させた。

桟橋には二隻のフリゲート艦が停泊していた。それぞれのスクリュー上部に特殊接着剤で爆弾を固定すると、岡林は海中で薄く微笑んだ。

海南島とはいえ一月の海は冷たい。夜の水中作業は岡林の体を芯まで冷やしたはずだったが燃えるような闘志が湧いていたからか、岡林は少しも寒さを感じなかった。

翌朝、ホテルにいた岡林の携帯電話が鳴った。ディスプレイには押小路の名前を示す暗号が表示されている。嫌な予感がした。

「やっかいなことが起きた」

岡林は身構えて押小路の次の言葉を待った。昨晩の工作に何か不備があったのだろうか。

「土田が丹東で身柄を拘束されたんだ」

「なんですって」

岡林は自分の耳を疑った。血の気が引く思いだった。押小路の動揺が伝わってくる気がした。

「公安に逮捕された」

「なぜです」

「不法侵入だ。丹東貨物駅構内の立ち入り禁止場所へ入ったためと聞いている」

「どこからの情報ですか」

「瀋陽の領事館経由で、先ほど北京の日本大使館に連絡が入ったんだ。逮捕時、土田は相当酔っていたらしく、呼気一リットルに〇・七五ミリという高濃度のアルコールが検出されたそうだ。呂律《ろれつ》が回らないらしい」

それを聞いた岡林は薄い笑みを浮かべた。

――なかなかの役者じゃないか。

「課長、土田はきっと咄嗟の判断で芝居を打ったんですよ。酔っ払っていたため、自分がどうして丹東貨物駅構内に入ったのか分からない、と言い張るつもりでしょう」

押小路は突然笑い出した。

「なるほどな、そういうことか。北から戻ってきた最後の最後、おそらく駅警備員に見つかってしまったのだろうな。ちょうど体を温めるために酒を入れていたに違いない。岡林、悪いが早急に領事館関係者に会って、あいつを連れ戻してくれ」

岡林は三亜から直接、瀋陽に飛ぶ手続きを取った。しかし、岡林と土田の正規な仕事を伝えることができなければ怪しまれる。岡林は警察庁警備局長の根本に直接連絡を入れた。

「警視庁からも連絡を受けている。外務省に対してどういう手だてを取るかが問題だ。それらしい理由が必要だな」

岡林の話を聞き根本は渋い声で言った。

「土田を在日朝鮮人から日本に帰化した人物に仕立ててあげてはどうでしょうか」

「帰化……？」

「中国までは来たができたが、その先の朝鮮半島に帰ることができないのを悲しみ、つい酒を呷《あお》ってしまったというストーリーです」

根本は電話口でくすくす笑った。

「お前は相変わらず変人だなあ。よくそんなことが思いつくよ。よし、北京の日本大使館から一等書記官を丹東に派遣させる」

土田の逮捕は丹東の書記にも伝わっていた。

書記からこの事実を聞いた秘書の王燕梅は泣き崩れた。

土田の身に何が起こったのだろう。起訴されれば、土田によって丹東にもたらされるはずの富はすべて白紙だ。それでは父の無念を晴らそうとしている自分も浮かばれない。王燕梅は書記に歎願した。

「軽微な犯罪で終わるものならば、なんとか早期の釈放ができるよう、お力添えください」

書記もまた今後の自らの地位向上のためには、土田の早期釈放と土田に対する刑事処分が不起訴になる必要があったのだ。

書記は公安署長に何度か捜査の進捗状況を報告させた。軽微な犯罪だったが、被疑者が日本人のため、多額の罰金を科そうとしているようだった。

北京の日本大使館から一等書記官が書記を訪ねてきたのは数時間後のことである。

一等書記官の原口《はらぐち》は改まって言った。

「金銭の支払いは致します。公安に対する口添えをお願いできますか？」

「わかりました。我々としても、彼には期待していたのです」

書記は大きく頷いた。原口はしんみりとした表情で切り出した。

「実は、土田は元在日朝鮮人なのです。十三年前に帰化し、努力の末、現在の地位を築いた優れた青年です。日本で成功した土田ですが、やはり故国を訪ねたい気持ちがずっと彼の心の中にあったのでしょう。将来有望な青年が、故国への愛を募らせたゆえに過ちを犯してしまいました。望郷の念はどんな人間でも持っています。容易に帰れないからこそ、その想いは大きく膨らんでいったのだと思います」

この話に揺さぶられた書記は、公安署長に歎願した。公安署長は原因が究明でき、しかも相応の釈放金を得たので満足げだ。土田を不起訴処分とすると、身柄を原口に引き渡した。

こうして土田は釈放された。後になって、釈放に際して岡林が尽力し、警察庁を通じて日本大使館を動かしたことを知った。

＊

春節の二日前、冴子は深圳の化学工場を上から眺めていた。

冴子は二十八階建てのグンピン国際ホテルの屋上にいた。屋上の大型ネオンには足場が組まれ、防塵シートに覆われている。冴子はＭＯ１２０ＲＴ八十一ミリ砲を乗せたカートを防塵シートの中に運び入れた。支持架と底盤も一緒だ。冴子は黒光りする迫撃砲の表面をなでた。通常の八倍近い火力を持つように調整された炸薬《さくやく》と、弾殻《だんかく》の厚さを変えた砲弾はすでに手元に届いている。

迫撃砲の射角と偏流角は調整済みである。このままでもターゲットに命中するはずだ。冴子はさらに万全を期すため、Ｘデー当日発射三十分前に、低層用ラジオゾンデを打ち上げ正確な風の流れを確認し、偏流角を微調整するつもりだった。
ラジオゾンデに使用する風船を誤魔化すために、ホテルの広告を紐に付けた三百六十五個の風船を一緒に飛ばす手筈も整っていた。

砲弾は発射間際に運び入れる予定だ。重さは十キロほどなので、冴子でも楽に運ぶことができた。

あとは砲弾を砲身に入れて発射スイッチを押すだけだ。発射後、発射用具はすべて海に投棄しよう。

春節は人々のざわめきとともに迫ってきていた。

ついにこの日が来たのだ。

グンピン国際ホテルの屋上から、ホテルの広告を印字した数百個の風船が、夜の空へ放たれた。春節を祝う行事のひとつだ。零時が迫ろうとしているのに、街の明かりは消えない。人工の光を受けてぼんやりと灰色に見える夜空を、色とりどりの風船が飛んでいく。一つ一つの風船があてどもなく消えていく光景はどこか儚げだ。

カラフルな風船の中に、少し大きな白い風船が交じっていた。日本の気象庁が使用するものと同型のラジオゾンデ用の製品だ。その風船には十五センチ角の小さな箱が取り付けてあったが、打ち上げられた多くの風船の中でそれに気づく者はいないだろう。

打ち上げ後十分で風向、風速の詳細データが冴子のパソコンに届いた。冴子はデータをプリントアウトし、砲弾が入ったリュックを背負って再び屋上に上がった。砲弾をセットし、偏流角の微調整も済んだ。

屋上から眺めると、街の興奮が手に取るようにわかった。冴子は自分の胸の鼓動が早まるのを抑えることができない。

カウントダウンが始まった。待ちきれないとばかり、ところどころで歓声が上がる。日付が変わるまであと一分を切ると、街の明かりが徐々に消えていった。青黒い夜空は、祝いの花火が打ち上がるのを待っている。

ふと、冴子は肩を落として日本へ帰国した土田の後ろ姿を思い出した。土田は自分が拘束されたことを恥じ、冴子の励ましにもほとんど耳を貸さなかった。また一緒に仕事をさせてほしいと手を取ったが、土田はさびしそうに笑っただけで何も言わなかった。

計算では春節を迎えた十五秒後に、北朝鮮と深圳にある悪の巣窟が同時にこの世から消えるはずだ。

──この日、この時間を迎えるために、私たちは命懸けで戦ってきた。

「みんな見ていて。ちゃんとやってみせる」

さらに歓声が高まると、年越し十秒前のカウントダウンの大合唱が始まった。

「五《ウー》！　四《スー》！　三《サン》！　二《アー》！　一《イ》！」

低い打ち上げ音が鳴り響き、何発もの花火が同時に上がった。色鮮やかに開いた大きな花火が夜空を美しく彩る。周辺は真昼のように明るい。地上では爆竹が弾け、地響きでも起こすかのようにビルの間をこだました。喜びを祝う声が飛び交い、街を揺さぶるような興奮が渦まいた。

冴子は静かに発射のスイッチを押した。

周囲に花火とは異なる、ひときわ大きな発射音が響いた。耳栓をつけた冴子は体を突き抜けるような音の衝撃を感じた。砲身から白い煙が上る。

腕時計を見た。一人でもう一度カウントダウンだ。

冴子は顔を上げると化学工場をまっすぐ見つめた。

「五……四……三……二……一」

次の瞬間、激しい爆発音が轟《とどろ》いた。化学工場から五十メートルほどの巨大な火柱が上がる。爆風でホテルが揺れ地響きが起きた。冴子は全身に鳥肌がたち、体から力が抜けていくような気がした。呼吸が荒くなる。汗で額に張り付いた髪をかき上げた。

冴子には笑みもなかった。淡々と片付けをして発射セットをエレベーターに載せると自室に運び込んだ。

空には相変わらず次々と花火が打ち上がっては消えていった。

海南島の亜龍湾沿いに建つ高級ホテルでは、盛大なパーティーが催されていた。ホテルの内外ではさまざまなイベントが引きも切らず続く。ビーチバンドはボリュームを最大に上げて、ダイナミックな演奏を聞かせている。中国の富裕層や共産党の幹部に加え、東洋のリゾートを楽しみに来た世界中からの観光客で、熱気は最高潮に達しようとしていた。

「あと、一分で年越しだぞ！」

そんな掛け声とともに、カウントダウンコールが湧き上がった。

時報が午前零時を知らせると、周囲は大歓声に包まれた。皆、抱き合ったり握手をしたりしながら、思い思いの様子で春節を祝っている。大声で話さなければ隣の人と会話もできないほどだった。

日付が変わってから数秒遅れて、地鳴りのような音が響きわたった。ダンスパーティーの会場で手を取り合って踊っていた宿泊客たちは一瞬怪訝な顔をしたが、どこからともなく「あれはビッグな爆竹よ」という声が上がると、客たちにはそれまでと変わらない笑顔が戻った。

軍事基地の爆破が人民解放軍総参謀部に秘話コードで伝わった。

警察庁諜報課では、事前にこのコードのデジタル符号を解析し、ＣＩＡやモサドと共有していた。傍受態勢は万全である。

「『中国人民解放軍海南島基地が爆破された。本館、事務棟は全滅。宿舎の半数が倒壊、死者多数』ということです」

諜報課に詰めていた押小路はそう言うと根本と握手をした。

「ここまでやるとはな……」

「中国は犯人探しに躍起になるでしょう。ですが、サイバーテロ部隊の総本山である、中国人民解放軍海南島基地の陸水信号部隊が壊滅したとは、間違っても発表できませんからね」

押小路は笑った。

「そうだな、テロだとすら言えないだろうな。事故扱いか」

「それが中国ですよ。しかし威信をかけて捜査を進めることと思います」

「死者はどれくらい出ているんだ」

「ざっと四、五百というところでしょうか」

「岡林にしかできない仕事だな」

「土田の破壊工作も成功したようです。監視衛星の写真から、北の地下工場付近の爆発が認められました」

根本は満足した表情で、もう一度押小路に握手を求めた。

日本に帰国した土田と岡林は警察庁の会議室で再会した。

「岡林さんには大きな借りができてしまいました。最後の最後で気の緩みが出てしまいました」

土田はうなだれた。岡林の顔をまっすぐ見られなかった。

「命を懸けた仲間同士に貸し借りなんてないさ」

岡林の大きな手が土田の肩に置かれた。

「想像を絶する寒さの中、あれだけの工作をやり遂げたんだ。そんなに気を落とすな。問題は中国当局が今回の三つの事件を結び付けて考えるかどうかだな」

「三つ……?」

　土田は驚いて聞き返した。

「俺もやったんだよ。同時刻に海南島の中国サイバー軍を吹っ飛ばしてやったのさ。破壊工作についての土田のアドバイスはとても役に立った。ただ偽装漁船は使えなかったがな。イルカもちゃんと仕事を果たしてくれた」

　平然と言う岡林のことが信じられなかった。

「爆破したって、まさかあそこを一人でやったんですか」

「そうだ」

　土田自身、いつか自分の手で破壊しなければならないとは思っていたが、それには多くの仲間の協力が必要だと考えていた。

「そんな大変な作業をしている間に私を助けに来てくれたなんて……」

「拘束が長引くと、当局に余計な詮索をされかねない。オメガとしても都合が悪いからな。君が丹東の書記と懇意になっていたことは、後に北京の日本大使館にいる原口さんから聞いた」

「ありがとうございます。やはり大きな借りを作ったと思います。必ずこの借りはお返しします。いつの間にか僕は在日朝鮮人になってしまいましたし」

二人は顔を見合わせて大笑いした。

「土田が在日朝鮮人だったと聞いた書記の美人秘書が、『彼は本当のお兄さん、とても大切な人』と言って涙を流していたらしいぞ。随分とお前に肩入れしていたと聞いた。いい女にモテる野郎だな」

「いや、それほどでも」

えくぼを見せながら土田は屈託なく微笑んだ。いつか燕梅にあまおうのジャムを届けられる日は来るのだろうか。土田はかすかに胸が痛んだ。

「ところで深圳の化学工場に関しては、軍は何か表明したんでしょうか」

「さすがに秘密工場が爆発したとは発表できないだろう。爆発に関する証拠物は残っていなかったそうだ。これも事故扱いだな」

それを聞いて土田は安堵した——冴子さん、おめでとう。

エピローグ

「内調派遣中の白洲参事官が自宅で倒れていたそうです。部下の津田が身柄を拘束された日、登庁しないことを不審に思った職員が自宅に伺い発覚した模様です」

根本は警備局長室で秘書役である理事官から報告を受けていた。

「ほう、それで」

眉一つ動かさず根本は言った。

「一応警察病院で蘇生を試みたようですが、ちょっと発見が遅かったということです」

「それは死んだということなのか？」

「正確に申しますとそういう次第です」

「報告は手短に頼むよ。自宅は私邸だったのか」

「いえ、南青山の公舎です」

「死因は？」

「これから行政解剖を行うそうです」

「なるほど……不審死とはいえ司法解剖にはしないのだな」

根本は小さく頷いた。

行政解剖は、犯罪性はないと判断された死体の死因究明が目的だ。一方、司法解剖は刑事訴訟法に基づき、犯罪性のある死体またはその疑いのある死体において行われる。そしてその結果は、事件性の有無に加えて、犯人特定等に重大な影響を与えるのだ。

「警察キャリアの死亡事案ですから、慎重を期し行政解剖となったと思われます」

「事件となると大問題だが、そうならないだろうとの判断だね」

「はい。白洲さんは日頃から酒量が多く、不摂生な生活を送られていたようですから」

理事官はそう言い残し警備局長室を去った。

白洲は病死と断定され、遺体は家族に引き渡された。警察は相応の弔慰金を支払ったため、遺族は過労による労災認定の訴えも起こさなかった。

葬儀の数日後、警視庁公安部長が警備局長室を訪れた。

「局長、白洲が死亡当時に調査していた内容のメモとその編集データの原本です」

根本はざっと目をとおして小声で言った。

「いいところまで調べていたんだな」

「はい。外部の人間は使わずに、自分とその部下でこれだけ調べていました」

少し間をおいて根本は聞いた。

「ところで白洲は自殺だったのか」

「なんとも申せません。刑事訴追されることをよしとしない、彼なりの美学だったのかも知れません」

根本は目を閉じ息を吸うと、ゆっくりと吐き出した。公安部長が続けた。

「ところで、今朝のネットにこんな記事が出ていました」

インターネットの愛国サイトに「中国は日本国内の防衛関連企業や先端科学技術保有企業に中国人留学生や中国人研究者を派遣するなどして、巧妙かつ多様な手段で情報収集活動を行っている。そしてこの輩に意図的に手を貸している政治家、財界人がいる」という文書が出たようだった。この記事の末尾には多くの実名が晒されていたが、その中に岩淵の名前があったという。

「岩淵代議士も体調不良を理由に辞意を表明するようです」

「……そうか」

根本は感情のない声で呟いた。

「それからサミー電機社長の高倉博之が今朝、社長ほかすべての公的役職を辞任しました」

「ああ、三男坊の俊之を公安部が逮捕したようだな。国内のアムニマウスとかいうハッカー集団を束ねて、いろいろなシステムに入り込んでは遊んでいたらしいな」

「国内のハッカー連中にとって大打撃となるでしょう」

根本は「ご苦労」とねぎらって、公安部長を退出させた。

春節から一ヵ月、香港の街は凍える寒さが続いた。

「結局何のニュースにもならなかったわね」

冴子は技官の時任祐作とテレビニュースを眺めながら言った。

「そこが共産圏の怖いところだ。我々にとってはやりやすいところでもある。それでも、軍の幹部数名が更迭されたというニュースは出たけれど」

「彼ら、情報担当だったみたいね」

時任は朝からホットウィスキーを飲んでいた。冴子もハチミツをたっぷりいれた甘いミルクティーで体を温めた。

「僕らも冬の間は三亜あたりに事務所を移さないか？　気持ちのいいところで仕事をすれば効率もアップするさ」

「賛成。岡林さんは相変わらずパラダイスに入り浸っているようね。女嫌いは治ったのかしら」

時任はふっと鼻を鳴らすと興味深いことを言った。

「そういえば基地爆破を公安は密かに喜んでいるという話だ」

「誰がそんなことを言っていたの」

初めて聞く話に冴子は目を見開いた。

「昨日、土田さんから連絡が入ったんだ」

「土田さん？　彼は今どこにいるの」

「バンコクにいるらしい。早速、タイにある中国企業の動きを探っているようだ。まあ、半分は休暇みたいなつもりで、のんびり情報収集をしているんじゃないか。

そういえば、冴子さんも来週から休暇だろう」

土田の様子を聞いた冴子は満面の笑みで答えた。

「そう、命の洗濯をしてくるわ！」

ケープタウンの気候は心地よかった。

地理条件やインフラからみても、ケープタウンは南アフリカ共和国の中で最も人気の高い観光地といえた。首都プレトリアやヨハネスブルグに比べると圧倒的に治安もいい。

ケープタウンを見下ろす位置にあるのが、「陸に浮かぶ島」と形容される独特の形状の山、テーブルマウンテンだ。春前になると、この地域は強い東南の風を受ける。この風が「ケープドクター」と呼ばれるのは、汚れを吹き飛ばし、空気を清浄にするからだ。

冴子はビクトリア＆アルフレッド・ウォーター・フロントのデッキ席でピノ・ノワールを飲みながら本を開いていた。目の前にはテーブルマウンテンが見える。

――ブルートレインに乗って、サファリのキリンでも見てこようかしら……。

ブルートレインはプレトリアからケープタウンまでの約千六百キロを二十七時間

かけて結ぶ豪華寝台列車である。一泊二日ののどかな旅だ。世界一の豪華列車と名高いこの列車の運賃には、酒類を含むドリンクの代金も含まれるため、列車内では好きなものを好きなだけ楽しむことができた。

「中国のアフリカ進出を阻止せよ」

深圳の化学工場爆破の終了報告を行った時、押小路から次なるミッションが言い渡されていた。

しばらく大西洋に沈もうとしている赤々と光る夕陽を眺めていた。すると冴子の頬を強い一陣の風が吹き付けた。

「ケープドクターね。私もまた、汚れた奴らを吹き飛ばしてやるわ」

冴子はこの土地が生んだ名産、フリーゼンホフ・ピノ・ノワールの二〇〇八年物をゆっくりと口に含んだ。

本書は文庫書下ろしです。

この作品は完全なるフィクションであり、
登場する人物や団体名などは、
実在のものといっさい関係ありません。

|著者| 濱 嘉之　1957年、福岡県生まれ。中央大学法学部法律学科卒業後、警視庁入庁。警備部警備第一課、公安部公安総務課、警察庁警備局警備企画課、内閣官房内閣情報調査室、再び公安部公安総務課を経て、生活安全部少年事件課に勤務。警視総監賞、警察庁警備局長賞など受賞多数。2004年、警視庁警視で辞職。衆議院議員政策担当秘書を経て、2007年『警視庁情報官』で作家デビュー。他の著作に『警視庁情報官　ハニートラップ』『警視庁情報官　トリックスター』『警視庁情報官　ブラックドナー』『鬼手　世田谷駐在刑事・小林健』『電子の標的』『列島融解』などがある。現在は、危機管理コンサルティング会社代表を務めるかたわら、TV、紙誌などでコメンテーターとしても活躍している。

オメガ　警察庁諜報《けいさつちょうちょうほう》課《か》

濱《はま》 嘉之《よしゆき》

© Yoshiyuki Hama 2013

講談社文庫

定価はカバーに
表示してあります

2013年6月14日第1刷発行

発行者——鈴木　哲

発行所——株式会社　講談社

東京都文京区音羽2-12-21　〒112-8001

電話 出版部 (03) 5395-3510
販売部 (03) 5395-5817
業務部 (03) 5395-3615

デザイン—菊地信義

本文データ制作—講談社デジタル製作部

印刷———凸版印刷株式会社

製本———株式会社国宝社

Printed in Japan

落丁本・乱丁本は購入書店名を明記のうえ、小社業務部あてにお送りください。送料は小社負担にてお取替えします。なお、この本の内容についてのお問い合わせは文庫出版部あてにお願いいたします。

本書のコピー、スキャン、デジタル化等の無断複製は著作権法上での例外を除き禁じられています。本書を代行業者等の第三者に依頼してスキャンやデジタル化することはたとえ個人や家庭内の利用でも著作権法違反です。

ISBN978-4-06-277569-4

講談社文庫刊行の辞

二十一世紀の到来を目睫に望みながら、われわれはいま、人類史上かつて例を見ない巨大な転換期をむかえようとしている。

世界も、日本も、激動の予兆に対する期待とおののきを内に蔵して、未知の時代に歩み入ろうとしている。このときにあたり、創業の人野間清治の「ナショナル・エデュケイター」への志を現代に甦らせようと意図して、われわれはここに古今の文芸作品はいうまでもなく、ひろく人文・社会・自然の諸科学から東西の名著を網羅する、新しい綜合文庫の発刊を決意した。

激動の転換期はまた断絶の時代である。われわれは戦後二十五年間の出版文化のありかたへの深い反省をこめて、この断絶の時代にあえて人間的な持続を求めようとする。いたずらに浮薄な商業主義のあだ花を追い求めることなく、長期にわたって良書に生命をあたえようとつとめるところにしか、今後の出版文化の真の繁栄はあり得ないと信じるからである。

同時にわれわれはこの綜合文庫の刊行を通じて、人文・社会・自然の諸科学が、結局人間の学にほかならないことを立証しようと願っている。かつて知識とは、「汝自身を知る」ことにつきていた。現代社会の瑣末な情報の氾濫のなかから、力強い知識の源泉を掘り起し、技術文明のただなかに、生きた人間の姿を復活させること。それこそわれわれの切なる希求である。

われわれは権威に盲従せず、俗流に媚びることなく、渾然一体となって日本の「草の根」をかたちづくる若く新しい世代の人々に、心をこめてこの新しい綜合文庫をおくり届けたい。それは知識の泉であるとともに感受性のふるさとであり、もっとも有機的に組織され、社会に開かれた万人のための大学をめざしている。大方の支援と協力を衷心より切望してやまない。

一九七一年七月

野間省一

講談社文庫 最新刊

五木寛之　親鸞　激動篇（上）（下）
親鸞の旅はまだ続く。京の都から流され辿りついたのは越後の里。そこで得たものとは。

西村京太郎　山形新幹線「つばさ」殺人事件
山形新幹線「つばさ」で東北へ向かった若い女性が相次いで蒸発。十津川の推理が冴える！

阿部和重　ピストルズ（上）（下）
滔々たる時空をことごとく描く大小説！　谷崎潤一郎賞受賞の神町《じんまち》トリロジー第2部。

金澤信幸　バラ肉のバラって何？〈誰かに教えたくてたまらなくなる〝あの言葉〟の本当の意味〉
日常的な言葉の本当の意味を調べてみたら意外な発見の連続だった！〈文庫書下ろし〉

石井光太　感染宣告〈エイズウィルスに人生を変えられた人々の物語〉
HIV感染を告げられた時、妻は？　家族は？　世界の奈落を追った著者が世に問う衝撃作。

荒山徹　柳生大作戦（上）（下）
百済再興を謀り、魔人と化した石田三成。その野望を阻まんと、大和柳生が立ち上がる！

丸山天寿　琅《ろう》邪《や》の鬼
伝説の方士・徐福の弟子たちが琅邪で続発する奇怪な事件に挑む！　メフィスト賞受賞作。

片島麦子　中指の魔法
おおばあが教えてくれた「呼吸《いき》合わせ」。瑞々しく切ない成長物語。〈文庫オリジナル〉

遠藤武文　トリック・シアター
東京と奈良で、男女が同日同時刻に怪死した。謎を解く鍵は15年前のテロ事件にあった！

濱嘉之　オメガ　警察庁諜報課
国際諜報機関「オメガ」に着任した美貌のエージェントのミッションとは。〈文庫書下ろし〉

講談社文庫 最新刊

上田秀人　決戦〈奥右筆秘帳〉
宿敵冥府防人《めいふさきもり》との生死を賭けた闘いに、衛悟は活路を見出せるか。完結。〈文庫書下ろし〉

今野敏　ST 沖ノ島伝説殺人ファイル〈警視庁科学特捜班〉
厳粛な掟に守られた島での事件に最強捜査チームが挑む。待望の〝伝説〟シリーズ第3弾。

早見俊　上方与力江戸暦
新任の内与力《うちよりき》は上方者で好漢だが強引凄腕だった。書下ろし時代小説新シリーズ第1弾。

鳥越碧　漱石の妻
文豪の妻はなぜ悪妻と呼ばれたのか？　戦場のような夫婦生活と、二人の心の機微を描く。

田牧大和　身をつくし〈清四郎よろづ屋始末〉
江戸でよろづ屋を営む清四郎。次々に舞い込む事件を解くうち、その過去が明らかになる。

篠原勝之　走れUMI
自転車で山を越え離れて暮らす父に会いに行くと決めた夏。小学館児童出版文化賞受賞作。

藤田宜永　老猿
ありふれ男の平穏は唐突に破られ、思いがけない冒険が始まった。若い女と「老猿」と共に。

稲葉稔　奉行の杞憂〈八丁堀手控え帖〉
北町奉行所内の刃傷事件。十兵衛は得意の独断専行で危機を救えるか？〈文庫書下ろし〉

本谷有希子　あの子の考えることは変
コンプレックスを、こんなに鋭く可愛く書いた小説はない！　女ふたりの最強青春エンタ。

睦月影郎　肌《はだ》褥《しとね》
商家で地味に暮らしていた三次の毎日はその日から変貌した。最新書下ろし時代官能小説。

C・J・ボックス　野口百合子 訳　フリーファイア
法の抜け穴を使って釈放となった殺人犯。動機に隠された企業陰謀とは。一級ミステリ。